KB078664

강한 금강불괴 되다 8

김대산 현대 판타지 소설

초판 1쇄 찍은 날 § 2020년 1월 28일
초판 1쇄 펴낸 날 § 2020년 2월 4일

지은이 § 김대산
펴낸이 § 서경석

총괄팀장 § 노종아
편집책임 § 강민구
디자인 § 소소연

펴낸곳 § 도서출판 청어람
등록번호 § 제387-1999-000006호
등록일자 § 1999. 5. 31
어람번호 § 제1-3081호

주소 § 경기도 부천시 부일로 483번길 40 서경B/D 3F (우) 14640
전화 § 032-656-4452 팩스 § 032-656-4453
http://www.chungeoram.com
E-mail § chungeorambook@daum.net

ⓒ 김대산, 2019

ISBN 979-11-04-92124-7 04810
ISBN 979-11-04-92031-8 (세트)

강한 금강불괴 되다

8

김대산 현대 판타지 소설

도서출판 청어람

강한 금강불괴 되다

Contents

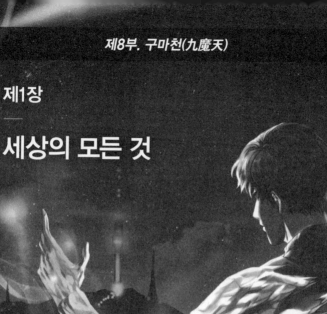

제8부. 구마천(九魔天)

제1장

—

세상의 모든 것

새롭다

김강한은 문득 기억이 새롭다. 이름 재단에 대해서다.

진초희가 유산으로 받은 1조 원에 달하는 거금과, 그것보다는 조금 못 미치겠지만 또한 엄청날 이철진의 재산이 출자되어 만들어진 재단이다.

그리고 그들 두 사람이 사뭇 억지스럽게 그를 끌어들이는 바람에, 억지 춘향 격으로 그의 이름도 재단의 공동 이사장으로 올라가 있다.

"이룸 재단? 뭘 이루겠다는 건데요?"

처음에 이철진이 재단의 이름을 말했을 때, 그가 그렇게 물었다.

이철진이 대답했다.

"이룸이 아니라, 이롬이요! 이롬 재단! 세상을 이롭게 하자! 보다 살기 좋은 사회를 만들자! 그런 취지요!"

미래형 스텔스 요새

재단은 이전에 운영하던 서울의 사무실과 거처 등을 모두 정리한 뒤, 모처에다 새로운 아지트를 건설하고 있는 중이라고 했다. 남해의 작은 섬 숙도에서 쌍피와 최유한 박사를 만났을 때 들은 얘기다.

재력을 아낌없이 쏟아 부어가며 빠른 속도로 건설을 하고 있다고 했으니, 이제쯤에는 제법 진척이 되었을 것이다. 그때 최유한 박사가 사뭇 뿌듯한 자부심까지를 내비치며 했던 얘기의 대강은 이렇다.

서울에서 그리 멀리 떨어지지 않은 소도시의 외곽에, 예전 외딴 마을이 자리했던 넓은 터를 통째로 사들였다. 부지 전체를 자연 농장화하고, 그 가운데에다 대여섯 채 규모의 전원주택단지를 건설하는데, 조금 외지다 싶은 걸 제외하고는 흔히 볼 수 있는 보통의 전원주택단지들과 비슷하다. 그러나 알고 보면 그 안에는 엄청난 것들이 숨어 있다.

우선 그 대여섯 채의 전원주택들을 포함하는 넓은 자연 농장은 다만 그럴 듯한 겉보기의 위장이자, 하나의 입구 역할에 불과하다. 사실은 그 자연 농장 주변을 둘러싸는 훨씬 더 광대한 범위의 임야와 산지까지를 포괄적으로 매입했다. 옛날 같았으면 하나의 소국가가 들어설 정도의 광활한 대지(大地)를 확보한 것이다. 아지트의 실체는 그 광활한 대지의 지하에 구축되고 있다.

뿐만 아니다. 그냥 방치된 것으로 보이는 주변의 임야와 산지 곳곳에까지도 각종의 첨단 장치와 시설들이 교묘히 은폐된 채로 속속 구축되고 있다. 그리하여 그곳은 단순히 숨어 지내기 위한 아지트 정도가 아니라, 하나의 거대하고도 비밀스러운 요새다.

미래형 스텔스 요새!

최유한 박사는 그렇게 말했다. 당시에 김강한은 사뭇 거창하다는 느낌을 가졌었지만!

나야!

신축 중인 아지트를 직접 한번 찾아가 볼까 하는 생각도 있지만, 김강한은 우선 진초희부터 만나보기로 한다. 그녀를 먼저 봐야만 할 급선무가 있기도 하다.

뚜르르~릉!

몇 번의 신호음이 가고 난 뒤에 휴대폰 저편에서 목소리가 들린다.

"여보세요!"

너무도 익숙한 목소리다. 그는 돌연히 목이 콱 메는 것만 같다. 괜스럽게! 그런 때문에라도 그는 짧게, 그리고 짐짓 무덤 덤한 듯이,

툭!

뱉는다.

"나야!"

이율배반적인 두 가지의 기대

이윽고 진초희의 모습이 보인다. 약속한 시간에 딱 맞춰서 다. 칼라 없는 아이보리 톤의 블라우스에 무릎까지 내려오는 블랙 스커트 차림이다. 그런 그녀는, 화려할 것도 없고 크게 꾸미지도 않은, 그냥 깔끔하고 단아한 모습이다. 그러나 예쁘다. 그녀가 나타나는 순간부터 그의 눈에는 오로지 그녀만 보일 만큼!

조금 어색하긴 하다. 만나지 못한 시간만큼의 거리감일까? 그런 어색함 내지는 거리감을 상쇄시키기 위해서라도 김강한은 설핏 트집거리 하나를 만들어낸다.

'왜 혼자야?'

그야말로 괜한 트집이고, 더욱이 그녀에 대한 트집도 아니다. 그녀가 아무런 경호도 없이 정말로 혼자라는 데 대한—적어도 지금 시야에 잡히는 한에는— 트집이다. 물론 그가 둘이서만 보자고 미리 얘기를 해둔 터다. 그러니 그녀는 애써 다른 사람들을 따돌리고 나왔을 것이다.

사실 그는 이율배반적인 두 가지의 기대를 함께 하고 있던 중이다. 첫 번째는 누구에게도 방해받지 않고 그녀와 둘만의 오붓한 시간을 가지고 싶다는 기대다. 그리고 두 번째는 이전에 비해 한층 강화되었을 재단의 경호 체계에 대한 기대다. 즉, 진초희가 재단의 핵심 요인인 이상, 어떤 경우에도 그녀 혼자 무방비로 외부에 노출이 되게 두지는 않을 것이라는 기대다. 그러니 그 두 가지의 기대는 당연히 상호 이율배반적이다.

누구세요?

약속 장소는 15층의 카페다. 진초희가 엘리베이터를 기다리고 있다. 그리고 엘리베이터가 가까운 층까지 왔을 때, 김강한은 미리 입력해 두었던 메시지를 보낸다.

[6층에서 내려! 그리고 비상구로 나와!]

그녀가 엘리베이터를 타면서 휴대폰을 확인한다. 그리고 엘리베이터의 문이 닫히는 순간, 그는 곧장 비상계단을 뛰어오른다. 6층까지 단숨에 달려 올라간 그가 비상구의 문을 열자,

띠~링!

하고 엘리베이터 도착음이 들린다. 그가 한발 빨랐던 모양이다.

또각~!

또각~!

경쾌한 구두 소리가 다가온다. 그녀다. 그는 슬쩍 문 뒤로 몸을 숨긴다. 그리고 그녀가 비상구 안으로 들어서자마자 재빨리 문을 닫고는 잠가 버린다.

철컥!

하는 소리에 그녀가 흠칫 놀라는 기색이 되어서는,

"누구세요?"

하고 뾰족한 소리로 묻는다. 김강한이 천천히 그녀 쪽으로 돌아서며 얼굴을 마주한다.

그런데 그녀의 얼굴에서 여전히 놀람이 가시지 않고, 오히려 다급한 경계감까지가 더해진다는 데서, 그는 설핏 당황하

고 만다. 그가 이곳으로 오라고 미리 메시지를 보낸 데다, 지금 바로 가까이에서 얼굴을 확인하고도 저런 반응이라니? 언뜻 섭섭함까지 생긴다.

"이봐요, 아가씨!"

그가 짐짓 목소리를 굵게 낸다. 괜한 짓궂음이다. 더하여 슬쩍 그녀의 손을 낚아채는데, 그때다.

'엇?'

뭔가 찌릿한 충격이 손을 통해 그의 몸으로 치고 들어온다. 마치 전기에 감전된 것 같다. 그리고 동시이다시피 그의 내부로부터도 한 가닥의 진기가 그 외부의 충격을 맞아나간다. 내단의 반사적 대응이다. 그리고 그 두 종류의 물리력이 충돌하면서,

팟!

하고 스파크가 튀는 듯이 순간의 반발력이 생겨난다. 그 반발력의 여파가 자칫 그녀에게까지 미쳐서는 안 되겠기에, 그가 재빨리 한 발짝을 물러서며 위력을 해소시킨다. 그런데 그가 방금 충격의 실체가 무엇인지 알아보기도 전인데,

쾅~!

쾅~!

비상구 문이 부서질 듯이 울린다. 누군가 급한 중에 몸을 부딪쳐서 잠긴 문을 열려고 하는 모양이다. 그런 데서는 김강

한이 더 이상 여유를 부리지 못한다.

나야! (2)

"나야!"

짧은 한마디다. 그러나 그것만으로도, 혹은 그제야 그가 누구인지 확연해지는 모양으로 그녀가,

"아……! 당신……?"

하고 탄성과 의아함이 뒤섞인 반응을 낸다. 그런 그녀의 눈동자가 대번에 촉촉해지고 있다. 김강한이 당장에 끌어당겨 품에 안아주고 싶지만, 그럴 상황은 또 아니다.

비상구 출입문 바깥으로부터 급한 말소리들이 들린다. 그리고 짧은 몇 마디만으로도 그들이 진초희를 쫓고 있음을 쉽게 짐작할 수 있다. 그가 가졌던 예의 그 이율배반적인 두 가지의 기대 중에서, '한층 강화되었을 재단의 경호 체계'가 이제야 작동하고 있는 것일까? 그가 다시 그녀의 손목을 낚아챈다.

찌릿!

이번에도 여지없이 그 미상의 충격이 발생한다. 그러나 그가 가볍게 외단으로 흘려 버리곤, 곧바로 계단을 올라간다.

7층의 비상구 출입문을 잠근 김강한이, 진초희의 손을 이끈 채로 다시 계단을 타고 8층으로 향한다.

"헉!"

"허~억!"

그녀의 숨소리가 가빠지고 있다.

'걸음이 좀 빨랐던가?'

김강한이 외단으로 그녀의 몸을 좀 받쳐줄까 하다가는 그냥 둔다. 그녀가 숨차 하면서도 곧잘 따라오고 있는 때문이다. 그 건강함이 흐뭇하다.

8층이다. 역시나 비상구 출입문을 잠그고, 그는 다시 9층으로 향한다.

9층! 이윽고 그가 목표했던 층이다.

비상구 출입문을 열고 9층 안으로 들어서면서야 그는 걸음을 늦춘다. 추격자들을 잠시간은 따돌렸다 싶어서, 그녀에게 숨 돌릴 여유를 주기 위해서다. 그런데 그가 짐짓 느슨하게 그녀를 이끌며 몇 걸음을 걸었을 때다.

띠~링!

맞은편의 통로 끝에 있는 엘리베이터가 열리며 예닐곱 명의 사내들이 우르르 튀어나온다. 그가 재빨리 그녀의 손을 잡아

끈다. 그리고 마침 바로 앞쪽에서 우측으로 갈래가 지는 통로로 몸을 숨긴다.

"9층에서 신호가 잡히고 있다! 너희 넷은 비상구와 엘리베이터를 통제하고, 나머지는 흩어져서 샅샅이 수색해!"

사내들 중에서 누군가의 지시가 있고, 이어 급한 구둣발 소리가 사방으로 흩어진다.

'이쯤에서 자수를 해버릴까? 괜히 더 민망해지기 전에……?'

김강한이 잠깐의 갈등에 사로잡힌다. 이대로 있다간 곧 저들의 눈에 띄고 말 것인데, 그렇다고 무작정 때려눕힐 수도 없는 노릇이 아닌가? 따지고 보면 같은 편인데 말이다.

어떻게든!

"훗……!"

등 뒤에서 숨죽인 웃음소리가 들린다. 김강한이 흘깃 돌아보니 진초희가 손으로 입을 가린 채로 웃고 있다.

'웃어?'

그가 짐짓 눈에 힘을 주자, 그녀는 얼른 정색을 한다. 그러나 곱게 휘어진 그녀의 눈매에는 여전히 웃음기가 그득하다.

그런 데서 김강한은 기왕의 갈등을 간단히 접어버린다. 자수를 할지 말지에 대한!

처음부터 그녀와 둘만의 오붓한 시간을 가지려는 바람에서 시작된 일이다.

그런 터에 이제 와서 간단히 포기를 한다면, 여러모로 민망해질 것은 둘째 치고, 어떻게 그녀와 둘만의 시간을 가진다고 해도 처음에 기대했던 것만큼 오붓하기는 틀린 노릇일 것이다.

'그렇다면?'

기왕에 벌인 짓이니, 계속 밀고 나가보는 수밖에!

'어떻게?'

그 자문(自問)에 대해서도 답은 명백하다.

'어떻게든!'

범죄의 기준

미처 신경을 쓰지 못했는데, 그들의 바로 등 뒤에 문이 하나 있다. 손잡이 옆에 디지털 도어락이 달린, 흔한 철문이다. 사무실이거나, 혹은 작은 규모의 가게쯤일까? 김강한이 슬쩍 도어의 손잡이를 돌려본다. 그러나 당연한 것처럼 잠겨 있다. 순간,

'열어?'

하는 고민이 설핏 생겨나는 건, 순전히 진초희를 의식해서

다. 그에게 절도의 의사야 전혀 없다지만, 잠긴 문을 임의로 열고 무단침입을 하는 건 범죄다.

물론 그 스스로야 그런 정도의 기준에 구속당하지 않게 된 건 이미 오래전부터다. 다만 지금 그녀가 보고 있는 앞에서 서슴없이 범죄를 저지르는 모습을 보인다는 건, 사뭇 얘기가 다르다. 그러나 그때다.

저벅!

저벅!

어느새 근처에까지 다가온 사내들의 발자국 소리가 들린다. 그리고 그 소리가 주는 긴급성(?)은, 그가 일단 범죄행위를 불사하고 볼 수밖에 없는 당위성(?)을 배가시키는 데가 있다. 적어도 그녀에게 어필할 수 있을 만큼은! 그렇다면 그다음의 고민은,

'어떻게 열지?'

하는 것일 터다.

'부술까?'

그러나 부순다면 재물 손괴다. 무단침입이야 곱게 들어갔다가 곱게 나오면 주인에게 직접적인 피해는 주지 않았다는 억지 명분이라도 성립하지만, 잠금장치를 부수는 건 또 다른 얘기가 된다. 적어도 그녀에게 어필할 명분은 상당 부분 훼손된다고 하겠다. 그러나 그의 고민은 길지 않다.

'부수지 않고 열면 될 것 아닌가?'

간단한 답을 찾은 것이다. 외단이다. 얇고 좁은 형태로 문틈을 파고든 외단의 조각이 마치 만능열쇠라도 된 듯이 간단히 잠금장치의 걸쇠를 풀어낸다.

딸~칵!

희미한 소리와 함께 문이 열린다. 김강한이 얼른 진초희부터 안으로 밀어놓고, 자신도 들어선 다음에 조심스럽게 문을 닫는다.

딸~칵!

다시 문이 잠기고 나서야, 그녀가 동그랗게 뜬 눈으로 입 모양을 만들어낸다.

'어떻게 한 거예요?'

그런 정도의 의문을 표시하는 것이리라! 그가 멋쩍은 웃음을 참으며, 어깨를 조금 으쓱해 보인다.

'그냥 열리네? 아마도 비어 있는 곳인가 봐!'

그런 정도의 의미로 그녀에게 전달되기를 바라면서!

모범 시민들의 덕분

김강한이 일단 공간의 내부를 훑어본다. 어둠 속에 이런저런 물건들이 정돈되지 않은 채로 쌓여 있다. 아마도 창고로

쓰이거나, 혹은 폐업을 한 상태에서 미처 뒷정리를 하지 못한 모양새다. 그때다.

저벅!

저벅!

바깥에서 사내들의 발자국 소리가 바로 코앞까지 가까워지더니, 이윽고 문 앞에서 딱 멈춘다. 그리고,

덜컹!

덜컹!

출입문이 흔들리며 소리를 낸다. 바깥에서 문을 열려고 밀고 당겨보는 모양이다. 그나마 바깥의 사내들은 범죄에 대한 기준이 명확한 모양이다. 문이 잠긴 것을 확인하고는, 더 이상의 선을 넘지 않는다. 모범 시민들이다.

그리고 적어도 그런 점에 있어서는 결코 모범 시민이 못 되는 김강한이, 그들 모범 시민들의 덕을 보는 게 있다. 숨죽인 채 잔뜩 긴장한 모양새이던 진초희가 불쑥 그의 품속으로 뛰어든 것이다. 그들 모범 시민들이 문을 흔들어서 적당한 긴장감을 조성해 준 덕분이다.

캡슐의 정의

김강한은, 품속의 진초희에게서 숨도 크게 쉬지 않으려는

조심스러움을 고스란히 실감하고 있는 중이다. 물론 정말로 절박한 긴장 속에서 다급해하는 건 아니겠지만, 그녀는 적어도 지금의 상황에 제법 몰입을 하고 있는 모습이다.

사내들은 포기하지 않고 계속 주변을 맴돌고 있다. 그런 데서 그들은 비록 그 정확한 지점은 찾지 못하고 있지만, 아마도 진초희가 9층에 있다는 확신은 가지고 있는 것으로도 여겨진다. 또한 그런 관점에서 김강한은, 그제야 문득 생각이 미치는 게 있다.

'신호?'

아까 사내들이 했던 말 중에서 나온 것이다. 그리고,

'캡슐!'

그가 뒤이어 떠올린 말이다. 지난번 암마와의 싸움에서 그는, 외단을 차폐(遮蔽)에서 완전한 밀폐(密閉)로 전환시켜 아예 공기의 유입마저 막아버렸던 바가 있다. 암마가 도주하면서 터뜨린 연무탄에 혹시 모를 유독 성분이 살포되었을 것에 대비해서다. 그런 경험을 바탕으로 예의 '신호'를 차단할 작정을 해본 것인데, 전파를 차단해야 하니 어쩌면 그때보다도 더욱 완벽한 차폐와 밀폐가 되어야 하리라! 그런 점에서 그는 캡슐이라고 새삼스럽게 이름을 붙이고 나름의 정의를 해본다.

[캡슐: 외단을 얇은 층으로 쪼개 겹겹이 덧대고, 또 그 층과 층

사이에는 미세한 진기를 흘려서, 완벽한 기밀과 전파 차단까지가
유지되는 공간]

외단의 주인으로서 누리는 새로운 공능(功能)

캡슐의 효과가 즉각적으로 나타나는 모양이다. 바깥의 사
내들이 갑자기 분주한 움직임을 보인다. 진초희에게서 발신되
던 위치 신호가 끊긴 때문이리라!

그런데 '완벽한 기밀과 전파 차단까지가 유지되는' 캡슐 안
에서 김강한은 어떻게 외부의 기척을 감지할 수 있냐고? 외단
을 분리 운용하고 있는 덕분이다. 역시나 지난번 암마와의 싸
움에서 이미 한번 썼던 방식인데, 이제는 한결 익숙하다.

즉, 하나의 외단을 캡슐로 운용하는 중에, 그 바깥에 보다
광범위한 영역을 장악하는 또 하나의 외단을 동시에, 그리고
상호 독립적으로 운용을 하는 방식이다. 그럼으로써 그가 캡
슐 안에 있으면서도 외단끼리의 교감에는 전혀 제약이 없으
므로, 능히 외부의 모든 기척을 다 파악할 수 있는 것이다. 외
단의 주인으로서 누리는 새로운 공능(功能)이랄까?

그냥 말로 해!

콕!

콕!

그녀가 손가락으로 그의 가슴을 찌르고 있다. 코 바로 아래에서 그를 빤히 올려다보며! 그러더니 그녀는 또 그의 가슴팍에다 대고 손가락을 꼼지락거리는데, 뭐라고 글씨를 쓰는 모양새다. 그러나 뭐라고 하는지는 도통 알아먹을 수가 없다. 그냥 간지럽다. 설핏 충동이 솟구치기도 한다. 그런 데서는 깊숙이 억눌러 둔 장락밀의 약 기운이 꿈틀대는 듯도 하다.

"뭔데? 그냥 말로 해!"

그가 실소하며 목소리를 낸다. 그러자 그녀가 짐짓 화들짝 놀라는 시늉으로 두 눈을 동그랗게 뜬다.

"밖에서 들으면 어떻게 하려고 그래요?"

잔뜩 목소리를 죽인 속삭임이다. 그가 내심으로는 쓴웃음을 지으면서도 태연한 얼굴로 고개를 끄덕여 준다.

"이제 괜찮아! 편하게 말해도 돼!"

그가 다시 말해주지만, 그녀는 잠시를 더 바깥의 동향에 귀를 기울인다.

물론 그녀에게 바깥의 소리가 들릴 리는 없다.

"후~!"

그녀가 비로소 안도의 숨을 불어낸다. 그러나 여전히 조심스러운 모습이다.

세상의 모든 것

"잘 있었어?"

김강한이 이제야 꺼내보는 안부 인사다. 진초희는 대답 대신 그의 품을 파고든다. 그러곤 가만히 그를 올려다본다. 그녀의 깊숙이 빛나는 눈동자가 그의 눈을 들여다보고 있다. 오래도록 그렇게만 있을 것처럼!

이 순간 그는 우주의 한 중심에 서 있는 것 같다. 모든 게 그를 중심으로, 또 그와 그녀를 위해서만 존재하는 것 같다. 사실이다. 외부로부터 완벽하게 차단되고 밀폐된 지금 이 캡슐 안의 공간은, 그대로 하나의 작은 우주다.

그러나 결코 작지 않다. 그와 그녀만이 존재하는 둘만의 이 소우주는, 그러나 세상에서 가장 큰, 또 다른 하나의 세상이다. 그가 소원하는 모든 것이 지금 여기에 오롯이 다 있다. 그럼으로써 가장 소중하고 행복한 이 공간은, 지금 이 순간 온 세상이고, 세상의 모든 것이다.

숨 막혀요!

그녀와의 따뜻한 포옹 속에 그대로 시간이 멈추어 버린 것만 같다. 그러나 한순간 김강한의 내부로부터 스멀거리며 움직임을 재개하는 것이 있다. 그것은 본능적이라고 해야 할 무엇이다.

장락밀의 영향은 아니다. 그것은 여전히 완벽하게 통제되어 있다. 그럼으로써 지금의 본능적이라고 해야 할 이 무엇은, 그 것과는 확실하게 무관하다. 또한 그럼으로써 참을 수 없는 건 당연히 아니다. 참을 수는 있다. 다만 참기 싫은 것일 뿐!

따지고 보면 그가 군이 참아야 할 이유도 없다. 어차피 그 녀와는 '몇 만리장성'을 함께 쌓은 사이인데 말이다. 단지 이런 분위기에서 불쑥 본능을 노출시키는 것은, 그녀에 대한 예의 와 배려가 아닐 것이기에, 결국은 참아야 하는 것이리라!

그런데 그때다. 품속의 그녀가 갑자기 버둥거린다. 순간 겨 우 수그러들던 그의 본능이 함께 버둥거리기 시작한다.

'그녀 또한 참고 있었던 것일까?'

그런 생각마저 설핏 들면서는, 그의 온몸 혈관 속 피의 흐름 이 돌연 격해지기 시작한다. 그런데 다시 그때다. 그녀가 고개 를 들어 그를 본다. 그리고 붉게 상기된 얼굴로 속삭인다.

"숨 막혀요!"

순간 그의 온몸 혈관 속 피의 흐름은 다시 느려진다. 버둥 거리던 본능도 다시 수그러들고 만다. 그렇더라도 그녀를 풀 어주고 싶지는 않다. 본능은 포기하더라도, 이대로 영원히 있 고 싶다.

그러나 그녀가 숨이 막힌다지 않는가? 아무리 소원하는 일일지라도, 세상 무엇보다도 소중한 그녀를 함부로 다룰 수는 없다. 그가 이윽고는 그녀를 안고 있던 팔의 힘을 느슨하게 풀어준다.

"후아~!"

그녀가 시원스레 숨을 내쉰다. 그런 그녀의 얼굴에 발그레한 미소가 떠올라 있다.

뭐 하는 곳인지나 알고서 하는 소린가?

바깥에서 사내들의 기척이 이윽고 멀어지고 있다. 이어 그들 중의 일부는 비상구 쪽으로, 또 나머지는 엘리베이터 쪽을 통해서 사라진다. 아마도 다른 층을 수색하기로 한 모양이다.

김강한은 진초희를 이끌고 숨어 있던 곳에서 나온다. 그렇더라도 캡슐은 여전히 유지한다. 그들이 메인 통로를 따라 걷다가 다시 오른쪽 갈래 통로로 꺾어드는데, 그 끝 즈음에 고급스러워 보이는 디자인의 간판이 하나 보인다.

[다빈치]

그는 무작정 그녀의 손을 잡아끌어 가게 안으로 들어선다. 꽤 넓고 화려한 풍으로 꾸며진 곳이다.

그녀가 영문을 몰라 주춤거릴 때다. 입구 바로 안쪽의 카운

터를 지키고 있던 검은색 정장의 사내가 두 사람에게로 다가
온다. 커다란 덩치에 굵직굵직한 이목구비의 인상, 그리고 조
금은 건들거리는 팔자걸음에서, 사내는 제법 위압감을 주는
데가 있다. 그러나 사내는 김강한의 얼굴을 확인하더니 곧바
로 고개를 숙여 인사를 건넨다. 사내는 이곳의 총괄 매니저
다.

"여기! 손님!"

매니저 사내가 안쪽을 향해 외치자 곧바로 나비넥타이의
웨이터 하나가 잰걸음으로 나온다. 그러고는 기다란 통로 가
장 안쪽의 룸으로 김강한과 진초희를 안내한다. 널찍한 실내
에 화려하기보다는 심플하게 꾸며진 인테리어가 깔끔하면서
도 아늑한 멋을 풍기는 룸이다.

"어머! 분위기 괜찮네요!"

진초희가 대뜸 마음에 든다는 기색인 데 대해, 김강한은 내
심 실소하고 만다.

'뭐 하는 곳인지나 알고서 하는 소린가?'

트릭

이곳, 다빈치는 룸살롱이다. 그것도 최고 등급인 소위 텐프
로급이다.

김강한이 알기로, 진초희는 사뭇 순진한 구석이 있다. 특히나 이런 쪽(?)으로는 거의 숙맥에 가깝다.

물론 그렇다고 그녀가 룸살롱에 대해 아예 모를 리야 없겠지만, 실제로 와본 적은 없으리라! 그런 데다 룸살롱이라면 흔히 상상할 법한 노래방 기기 등도 없이 깔끔하게 꾸며진 지금 룸의 모습에서는, 선뜻 룸살롱을 떠올리기는 어려울지도 모르겠다.

그녀에게 전화로 15층에 있는 카페에서 만나자고 한 건 트릭이었다. 혹시 재단에서 성가시게 따라붙을 것에 대비한!

그는 처음부터 이곳 룸살롱을 그녀와의 재회 장소로 점찍고, 미리 섭외를 해둔 것이다.

얼굴이 좀 변하긴 한 걸까?

"아까 당신을 봤을 때는, 아주 낯설어서 다른 사람인 줄 알았어요! 그런데 이상하죠? 이렇게 보니 그저 약간 볼살이 빠진 정도에 불과한데, 아까는 왜 그렇게 낯선 사람처럼 보였을까요?"

진초희의 그 말에는 김강한이 그저 마주 미소해 주는 수밖에 없다. 그런데 문득 그녀의 눈빛이 촉촉하게 변한다.

"혹시 내가 이상해진 걸까요? 그렇게 오랜 시간이 지난 것도 아닌데, 기껏 몇 달쯤 보지 못했다고 당신을 알아보지 못하다니 말예요?"

그녀의 말이 사뭇 애틋하다. 그러나 한편으로 새삼 그의 흥미를 동하게 만들기도 한다.

그가 사실은 조상태란 이름을 쓸 때도 그랬지만, 지금 조태강이란 이름을 쓰면서도 얼굴에 약간의 변화를 주려는 시도를 하긴 했다. 천환묘결로 말이다.

그러나 천환묘결에 대한 확신이 부족해서인지, 아니면 그 성취가 미미해서인지 모르겠지만, 그 스스로는 얼굴이 크게 달라졌다는 생각을 해보지는 않았다. 그런데 지금 그녀의 말에서는,

'얼굴이 좀 변하긴 한 걸까?'

하는 문득의 궁금증이 다시 생기는 것이다.

최후의 보디가드

"그런데 참……! 아까는 어떻게 된 거야?"

김강한이 가볍게 화제를 돌린다.

"뭐가요?"

"아까 비상계단에서 내가 손을 잡았을 때, 뭔가 전기가 통하는 듯이 찌릿하는 충격이 느껴지던데……?"

"아……! 그거……."

진초희가 가볍게 말끝을 늘였다가는 다시 잇는다.

"아마도 이거 때문일 거예요."

그러면서 그녀는 왼쪽의 옷소매를 걷어 올려 손목을 보여준다. 그녀의 뽀얀 팔목에 작은 손목시계가 채워져 있다.

"손목시계가 왜……?"

"이거 최 박사님 작품이에요!"

"최유한 박사?"

"예! 그분은 정말로 대단한 분이세요! 그 능력이 어디까지인지 아직까지도 다 짐작해 보지 못할 정도로요! 그런데 그분 말씀이 이게 보통의 손목시계가 아니고, 굉장히 특별한 물건이라고 했거든요?"

"특별한 물건이다? 어떻게 특별한데?"

김강한이 바짝 관심을 보이자, 진초희가 조금은 모호한 느낌의 웃음기를 떠올리고는 말을 받는다.

"나도 자세히는 몰라요! 하지만 최 박사님 말씀이, 마지막 순간까지 나를 보호해 줄 최후의 보디가드라더군요!"

그 말에는 김강한이 가볍게 실소하고 만다. 물론 아까의 전기충격 같은 것은 제법 그럴 법하다고 하겠다. 그러나 기껏 그런 정도를 가지고 최후의 보디가드 어쩌고 하는 데서는 아무래도 너무 거창하다 싶어서다.

어쨌든 흥미로운 물건이네!

"얘한테 중급 수준의 인공지능이 심어져 있다고 했어요! 그래서 내가 위급한 상황에 처하게 되면, 얘가 스스로 판단을 해서 긴급 작동을 한다고……! 그밖에도 여러 가지 기능들이 더 있다고 했는데, 당시에는 대충 듣고 넘겨서 기억이 잘 나지 않네요!"

김강한의 의심(?)의 기미에 대해 보강 설명이라도 하려는 걸까? 진초희가 손목시계를 매만지면서 보태는 말이다. 그러나 그녀가 손목시계에 대해 '얘'라고 호칭하는 데서부터, 김강한은 다시금의 실소를 참기가 어렵다.

"후훗! 인공지능 좋지! 그런데 아무리 인공지능이라고 해도, 당신이 위급한 상황에 처했는지를 그게 어떻게 스스로 판단을 하나? 혹시 아는 사람을 만나서 손을 잡거나 악수를 하는데, 막 감전 사고 나고 그러는 거 아냐?"

그녀의 표정이 이윽고는 샐쭉해진다.

"지금까지 그런 적은 한 번도 없었거든요? 그리고 최 박사님은 놀라운 능력으로 우리 재단을 위해서 중요한 역할을 많이 하고 계시는데, 지금껏 허언이나 작은 실수라도 하신 적은 단 한 번도 없었거든요? 그런 만큼 그분이 하신 말씀에 대해서는 전적으로 신뢰하거든요?"

사실 최유한 박사에 대해서는 김강한 역시도 이미 신뢰를 가지고 있는 바이다. 그러나 새삼 수긍할 수밖에 없다. 그 짧은 시간에 이처럼 그녀의 굳건한 신뢰를 얻었다는 것만으로도! 그리고 그런 점에서는, 최 박사의 작품인 손목시계에 대해서도 이쯤에서 마무리를 하는 게 좋을 것이다.

"어쨌든 흥미로운 물건이네!"

그가 잠깐의 논쟁(?)에 대해 가볍게 정리를 한다. 이어 그는 두 사람을 감싸고 있는 캡슐을 해제하고, 대신 그녀의 손목시계에다 맞춤으로 작은 캡슐을 씌운다.

그것에 인공지능씩이나 심어져 있고, 그밖에도 여러 가지 기능들이 더 있다고 했으니, 아마도 지금껏 위치추적 신호를 발신한 범인도 바로 그것일 터다. 물론 그녀에게는 굳이 알릴 필요가 없을 일이다.

사실 난 지금 위험해!

"이제… 다 괜찮아진 거예요?"

진초희의 목소리에 다시금 애틋함이 담긴다. 그가 그녀를 떠난 사정에 대해서일 것이다. 자세한 내막을 알고 싶기도 할 테지만, 단지 그렇게만 묻는 것일 터다. 김강한으로서도 하고 싶은 얘기가 많다. 그러나 우선은 당장의 급한(?) 사정부터 털어놓는 게 순서이리라!

"사실… 난 지금 위험해! 몹시!"

그가 단도직입적으로 핵심을 꺼낸다. 당연히 그녀에게는 느닷없이 들릴 법한데, 그러나 그녀는 일단 공감부터 해주려는 모습이다.

"괜찮아요! 당신과 함께 있을 수만 있다면, 난 어떤 위험도 기꺼이 감수할 수 있어요! 그리고 내가 반드시 당신을 구해줄게요!"

그는 문득 가슴이 저릿해진다. 그녀에게서 그런 말을 들을 것이라고까지는, 미처 기대하지 못했던 바다. 그리고 그녀의 이 대답이야말로, 지금의 상황에서 그가 바랄 수 있는 최고의 대답이기도 하다.

"그래! 당신만이 그럴 수 있지!"

그가 혼잣말처럼 흘리고 마는데, 그 말을 또 어떻게 이해했는지 그녀는 사뭇 적극적으로 된다.

"내가 어떻게 하면 되죠? 무엇이든 다 할게요!"

"음……! 당신은 그냥… 나와 함께 있어주기만 하면 돼!"

"네! 그럴게요! 우리 함께 있어요! 우리 둘이서만!"

그녀가 가만히 손을 뻗어 그의 손을 잡아온다. 그런 그녀의 얼굴에서 설레고 들뜬 기색마저 비치는 것 같다. 그런 데는 이윽고 그의 온몸이 화끈한 열기로 달아오르고야 만다.

그저 훼방꾼의 하나일 뿐

바깥에서 문득 소란이 일고 있다. 물론 김강한에게만 들리는 것이다. 그가 내공을 조금 더 끌어 올려 귀를 기울이자 바깥의 말소리들이 한층 또렷해진다.

카운터쯤에서 다빈치의 매니저와 일단의 사내들이 말을 주고받는 중이다. 사내들은 긴급하게 사람을 찾는 중이라며 룸살롱 내부를 살펴볼 수 있도록 해달라고 요구를 하고 있다. 아까의 추적자들일 것이다. 아마도 건물을 죄다 뒤지고도 진초희의 행적을 찾지 못하자, 신호가 끊어진 지점에서부터 다시 되짚어보고 있는 중인 것이리라!

사실 김강한이 다빈치의 매니저에게 미리 부탁을 해둔 바가 있다. 방해받는 일이 없도록 해달라고! 하긴 그런 사전의 부탁이 없었다고 해도 룸살롱이란 곳의 속성 자체가—특히나 그중에서도 최고임을 자부하는 텐프로급이라면— 고객들의 신상에 대한 보안과 비밀 유지에 사뭇 철저한 측면이 있을 터다. 그가 굳이 이곳을 밀회(?)의 장소로 잡은 데에는 그런 까닭도 있는 것이다.

"아직은 이른 시간이라 손님이 아무도 없습니다! 그리고 우

리 업소는 철저한 사전 예약제인데, 오늘 예약된 고객들 중에
도 댁들이 찾는 사람은 없고요! 어쨌든 이제 곧 손님들을 맞
아야 하는데, 영업에 방해가 되니까 그만들 나가주시죠?"

매니저가 사뭇 단호하게 거절을 하고 있는 중이다. 그의 덩
치와 외모에서 제법 위압감을 주는 데가 있다는 건 이미 공지
의 사실이거니와, 지금 사내들을 대하는 그의 기세에서도 사
뭇 강경한 데가 있다. 그런 데야 사내들이 수색영장을 들고
온 수사관도 아닌 처지에, 억지로 수색을 강행할 건 또 아닐
것이다. 사내들이 이윽고 물러나는 기척들인데, 지금껏 나서
지 않았던 목소리 하나가 들린다.

"혹시 우리가 찾고 있는 사람을 보게 되면, 이리로 연락을
좀 주십시오! 섭섭지 않게 후사하겠습니다! 부탁드립니다!"

그런데 그 목소리가 김강한에게 사뭇 익숙하다.

'중산……?'

그렇다, 바로 그다. 중산!

반갑다. 마음 같아선 당장 소리쳐서 안으로 들어오라고 하
고 싶다.

그러나 역시 아니다. 적어도 지금은 그럴 계제가 아니다. 지
금 가장 중요한 일은 역시 그녀와 단둘이만 있어야 한다는 것
이고, 그런 절대 명제 앞에서는 아무리 반가운 중산이라고 해
도 그저 훼방꾼의 하나일 뿐이다.

참으로 기꺼운 노골성

"뭐가 이렇게 요란해?"

"네?"

"당신을 찾는 사람들 말이야! 지금 밖에 와 있는 모양인데, 중산도 함께인 것 같아!"

김강한이 중산 얘기까지를 한 데는 사실 진초희의 마음을 확인해 보고 싶은 속셈도 있다.

비록 그녀가 이미 그를 위해서 무엇이든 다 하겠다고 적극성을 보인 바 있고, 또 설레고 들뜬 기색까지 비치며 그와 둘이서만 있자고 말한 바도 있지만, 그러나 과연 중산에게 그녀를 찾아다니는 다급함과 수고로움을 끼치면서까지도 여전히 그럴 마음일 것인지에 대해서 말이다. 그러나,

"중산이… 우릴 찾아내면 어떻게 하죠?"

하는 그녀의 걱정(?)에서, 그는 일단의 안도를 느낀다.

"방금 갔어!"

"휴~!"

그녀가 짐짓 가슴을 쓸어내리는 모습에서는 그가 또, 하릴없이 웃음을 떠올리고 만다. 그녀 역시 가만히 웃음을 짓는 터라, 그렇게 둘은 마주보며 웃는다.

이심전심(以心傳心)! 나와 너의 마음이 서로 통한다! 이쯤이면 그렇다고 해도 괜찮지 않을까? 사실 그가 그의 깊숙한 내심까지를 가장 잘 캐치하는 사람, 그야말로 이심전심으로 통하는 사람이 그녀라고 생각한 지는 이미 오래되었다.

'그러나 이런 노골성이라니⋯⋯?'

아무리 '몇 만리장성'의 공동 축성자라지만, 그녀가 이렇게까지 노골적이었던 적은 없었다. 그러나 참으로 기꺼운 노골성이 아닐 수 없다.

＊또 뛰어야 하는 거예요?＊

"저 친구들, 아무래도 쉽게 포기할 것 같지가 않은데?"

김강한의 그 말이 있자, 진초희 역시도 슬쩍 걱정과 안타까움을 비친다.

"괜히 사람들 고생시키는 것 같아요! 그냥 말할까 봐요? 당신과 함께 있으니까 걱정하지 말고 돌아들 가라고!"

그가 짐짓 가볍게 웃고는 고개를 가로젓는다.

"벌써 고생시킬 만큼 다 시켜놓고, 이제 와서 그러는 것도 좀 그렇잖아?"

"그럼 어떻게 해요? 계속 여기에 숨어 있어요?"

"왜? 나랑 이렇게 있는 거 싫어?"

그의 불쑥 반문에는, 그녀가 빤히 그를 쳐다본다. 그가 뒤늦은 유치감에 슬그머니 시선을 피하자,

"왜 싫겠어요?"

흉내라도 내듯이 또한 불쑥 반문하며, 그녀가 방긋한 미소를 떠올린다.

"조금 답답하긴 하네! 우리 탈출할까?"

그가 슬쩍 분위기를 돌린다.

"탈출요?"

"응! 누구한테도 간섭받지 않고, 정말로 우리 두 사람만의 시간을 보낼 수 있는 곳으로의 탈출!"

"거기가 어딘데요?"

"몰라! 이제부터 찾아봐야지! 어때 한번 해볼까?"

그가 짐짓 어깨를 으쓱해 보인다.

"좋아요!"

그녀의 대답이 흔쾌하다. 이어 그녀는 짐짓 쾌활한 투로 덧붙인다.

"사실 그동안 늘 누군가의 시선 속에 있어야 한다는 게 많이 답답했었어요! 그렇다고 경호를 하지 말라고 할 수도 없었고요! 하지만 당신과 함께 있을 때만큼은 그러고 싶지 않아요! 하긴… 당신과 함께 있을 때야말로, 가장 안전하기도 할 테고요!"

김강한은 문득 뿌듯해진다. 그녀로부터 가장 마음에 드는 말을 들은 것이다.

'어쩌면 이렇게 듣기 좋고, 또 듣고 싶은 말을 콕 찍어서 해줄까? 이런 것도 재주라면, 참 놀라운 재주다!'

그의 뿌듯함이 사뭇 감동으로까지 번져갈 때다. 그녀가 그에게로 얼굴을 바짝 가져다 대고 있다.

"그런데, 우리 어떻게 탈출할 건가요?"

사뭇 흥미롭다는 표정에서 그녀는 이제, 이 상황을 하나의 게임쯤으로 여기는 듯이도 보인다.

"글쎄……? 그냥 냅다 줄행랑을 쳐버릴까?"

김강한이 실없는 농담으로 받자, 그녀가 또한 장난스럽다.

"그럼 우리, 또 뛰어야 하는 거예요? 아까 비상계단에서처럼?"

"훗! 아마도……!"

"그럼 이번에는 구두를 벗는 게 좋겠어요!"

그녀의 짐짓 진지한 표정에는, 그가 어쩔 수 없이 실소하고는 가만히 고개를 가로저어 준다.

"숙녀한테 그렇게까지 하라는 건 큰 실례지!"

잠시라도!

김강한과 진초희는 룸살롱을 나선다. 그리고 태연히 엘리베이터를 타고 지하 주차장으로 내려간다. 탈출이라기엔 사뭇 어울리지 않는다.

지하 주차장에는 택시 한 대가 두 사람을 기다리고 있다. 콜택시를 타자는 아이디어는 진초희가 낸 것이다.

이렇다 할 추격의 동향은 감지되지 않는다. 하긴 그녀로부터의 위치 신호가 계속 차단된 상황에서야, 그들로서도 당장에 어떤 방법을 내기는 어려울 것이다. 그렇다고 단지 바쁘게 뛰어다니는 것만으로는, 다양한 경우의 상황들을 전부 커버하기란 불가능할 테고! 다만 그들의 괜한 고생에 대해서는 그가,

'앞으로 이런 상황까지를 감안하여 경호 체계를 좀 더 완벽히 보완하는 계기로 삼을 수도 있을 것이다!'

라는 충심(衷心)으로 미안한 마음을 갈음한다. 물론 앞으로 그녀에게 만약의 어떤 위험이 닥치더라도 빈틈없는 경호를 해낼 수 있기를 바라는, 사뭇 이기적인 사심(私心)일 뿐이겠지만!

어쨌거나 이제는 탈출이라는 것과는 그다지 어울리지 않는 상황으로 되어버렸지만, 그래도 그는 여전히 벗어나고 싶다. 아니, 벗어나게 해주고 싶다. 그녀를! 초거대 자산의 재단을 운영하는 입장에서 빡빡할 수밖에 없을 유무형의 제반 속박으로부터 해방되도록 해주고 싶다. 그리하여 그 또래의 여자가 흔히 누릴 법한, 연인과 함께하는 평범한 일상을 만끽하게 해주고 싶다. 잠시라도!

알고 보니 굉장한 재력가시네요?

"우리 쇼핑 갈까?"

김강한이 슬쩍 던져보는 말이다. 그런데,

"꺄~아!"

진초희는 거의 넘어가는 시늉이다. 리액션치고는 지나치다 싶다. 십 대도 아니고 나이가 서른이나 된, 한참이나(?) 과년(過年)한 여자가 시늉하기에는 유치하달 만큼 지나친! 그러나 그녀가 지금의 분위기를 한껏 즐기고 있다는 건 분명해 보인다.

"뭐 사줄 건데요?"

그녀가 그의 팔짱을 끼며 찰싹 달라붙는다. 순간 그는 움찔하고 만다. 팔과 어깨를 짓눌러 드는 뭉클한 느낌 때문이다. 그러나 그는 조금도, 단 1밀리미터도 결코 물러나지 않고 꿋꿋하게 버틴다.

'좋다!'

세상을 다 가진 듯한 느낌이다. 그런 데야,

"뭐든! 당신이 원하는 것 전부 다!"

허세를 부려봐도 좋으리라! 이런 때가 아니면, 언제 이렇게 '세상을 다 가진 듯한' 허세를 부려볼 수 있을까?

"정말이에요? 정말로 사고 싶은 것 다 사도 돼요?"

돈 있냐는 소리일 것이다. 그것도 많이! 그로서야 기왕의 허세를 무를 수는 없는 노릇이다.

"어허! 내가 어떤 사람인지 모르시나?"

"잘 모르겠네요! 그대는 어떤 분이신가요?"

그녀가 찰떡처럼 장단을 맞춘다.

"내가 누군가 하면 말이지! 흠……! 이름 재단이라는 데가 있어! 엄청난 자산을 보유한 우리나라 굴지의 재단이지! 아마도 우리나라에서 제일 클걸? 그 재단에는 세 사람의 공동 이사장이 있는데 말이야! 흠……! 그 셋 중의 하나가 바로 나야!"

"와아~!"

그녀가 곧장 탄성부터 질러놓고는, 다시 감탄을 잇는다.

"와~! 알고 보니 굉장한 재력가시네요?"

찰진 장단이 아주 입맛에 착착 달라붙는다. 그의 어깨가 절로 으쓱해진다. 허세를 부릴 맛이 제대로 난다.

"그럼! 내 나이에 나보다 부자인 사람은 대한민국을 통틀어서도 아마 몇 안 될걸?"

"와아~!"

어김없이 탄성을 내지르더니, 그녀가 대뜸 그의 팔을 잡아끌며 서둔다.

"우리 빨리 가요! 사고 싶은 게 너무너무 많아요!"

애정 행각(?)

S백화점! 서울 한복판에 자리 잡은 유명 백화점이다.

김강한과 진초희는 콜택시를 탄 채 백화점의 지하 주차장까지 곧장 들어간다. 택시 기사에게는 그들이 쇼핑을 마치고 돌아올 때까지 기다려 달라고 부탁하고 선불을 치른다. 도로에서 한나절 바쁘게 영업하는 것에 비해 두 배는 충분히 되는 액수라, 기사 양반도 사뭇 만족하는 기색이다.

아직은 좀 이른 시간이다 싶은데도 백화점 안은 에스컬레이터에서부터 손님들로 붐빈다. 그것을 핑계 삼기라도 하듯이 그녀는 그의 팔짱을 끼며 안기듯이 몸을 밀착시킨다. 그녀의 늘씬한 몸매와 미모가 안 그래도 사람들의 시선을 잡아끌 판에, 그런 애정 행각(?)까지 더해지니 사람들의 시선이 자꾸만 두 사람을 힐끔거린다.

'좋다!'

그러나 한편 은근히 부담스럽기도 해서, 그가 슬쩍 그녀를 떼놓으려 하다가는 곧바로 체념을 하고 만다. 그녀가 사람들의 시선에 대해 사뭇 태연하며, 오히려 즐기는 것처럼 보여서다. 그리고 이윽고는 그 역시도 가볍게 즐기는 마음으로 된다. 물론 그가 즐기는 것은 사람들의 시선이 아니라, 즐기고 있는 그녀의 모습이다.

그들은 1층 매장으로 들어선다. 그리고 그 순간부터 그녀는 무대의 주인공이라도 된 듯이 앞장서며 그를 이끈다. 그런 그녀의 모습은,

'어느 곳부터 들를까? 뭐부터 사지?'

하는 즐거운 고민에 들뜬 것처럼 보인다.

남자들을 죽이죠!

가장 먼저 진초희의 선택을 받은 곳은 구두 매장이다.

매장 안을 눈으로 한번 둘러본 그녀가 망설임도 없이 구두 한 켤레를 고른다. 그리고 자랑이라도 하듯이 그를 향해 들어 보인다. 그런데 김강한이 보기에 그건 구두가 아니다. 적어도 사람이 신을 수 있는 신발로는 보이지 않는다. 그녀가 구두를 신어보는 사이에 그가 매장 여직원에게 슬쩍 물어본다.

"저게 무슨 구둡니까?"

여직원이 설핏 의아하다는 빛의 눈치를 한 번 주지만, 그래도 고객 응대의 기본에 충실하여 상냥하게 웃는 얼굴로 친절하게 대답을 해준다.

"킬힐이라고 하죠!"

"킬힐? 뭘 죽인다? 그런 겁니까?"

그의 질문에는 여직원이,

"훗!"

실소를 금치 못하고는, 조금은 장난스러운 빛으로 대답한다.

"남자들을 죽이죠!"

"……?"

그가 머쓱해하고 있는 중에, 여직원이 다시 본래의 친절 모드로 돌아와 상냥하게 답변을 잇는다.

"굽 높이가 10센티미터가 넘는 구두를 흔히 킬힐이라고 하죠!"

"아……! 그럼 저건 굽 높이가 얼마나 됩니까? 10센티는 훨씬 넘어 보이는데……!"

"저분 고객님께서 신고 계신 것은 14센티미터입니다!"

그 대답에는 그가 고개를 내젓고 만다. 그야말로 사람 죽이는 힐이 아닌가 말이다.

'도대체 저런 걸 왜 신는지……?'

그의 표정만으로도 내심을 짐작했는지, 여직원이 슬쩍 설명을 덧붙인다.

"저 제품이 좀 높은 편에 속하기는 하지만, 연예인들 중에는 20센티미터의 킬힐을 신는 경우도 있는걸요?"

"허……!"

김강한이 차라리 탄식을 뱉고 만다.

나름의 맛(?)

진초희는 구두를 착용하고 거울 앞에 서서 이리저리 모습을 비춰보고 있는 중이다. 여직원이 얼른 그쪽으로 가더니 대뜸 하이 톤의 감탄사를 날린다.

"어머~! 고객님 너무 잘 어울리세요~!"

그리고 진초희의 곁으로 찰싹 붙어 서며 여직원의 폭풍 멘트가 이어진다.

"고객님! 이 제품은 누드 톤의 스킨 컬러라서 다리가 길어 보이는 효과를 주도록 디자인 된 제품인데, 고객님처럼 안 그래도 멋진 각선미를 지니신 분이 신으시니깐, 어머~! 정말~! 너무너무 아름다우세요~!"

칭찬에 찡그리는 사람 없다던가? 진초희의 얼굴이 환하게 밝아진다. 그리고 김강한을 향해 다가오는데, 애써 균형을 잡으며 한 발 한 발을 떼는 그녀의 모습이 영 불안하다.

김강한이 보고만 있을 수가 없어서 얼른 다가가 슬쩍 그녀의 팔을 잡아준다. 그런데 그를 의지해서 바로 서는 그녀의 키가 위로 불쑥 솟더니, 그를 내려다보는 모양새로 된다. 14센티미터 굽의 확실한 효과일 것이다.

순간 김강한은 저도 모르게 인상을 그리고 만다. 그녀가 그를 내려다보고 있다는 사실! 그것이 그의 심기를 불편하게 만드는 데가 있어서다. 그런데 다시 그때다. 두 여자의 표정이 동시에 안 좋아진다. 그가 인상을 쓴 데 대해서이리라! 여직원의 반응이야 군이 신경 쓸 건 아닐 터이다. 그러나 진초희에 대해서야 신경이 안 쓰일 수는 없다.

"아……! 진짜 잘 어울리긴 하는데, 그래도 굽이 너무 높으니까 혹시 발목이라도 삐끗할까 봐 불안해서……!"

그가 재빠른 멘트로 수습에 나선다. 다행히 그녀의 표정이 조금쯤은 풀리는 것 같다. 그가 성의(?)를 더해 조심스럽게 타협안까지를 제시해 본다.

"굽이 너무 높으면 발 건강에도 문제가 많이 생긴다고 하더라고! 더구나 평소에 하이힐 잘 안 신잖아? 그런 사람이 갑자기 이렇게 높은 킬힐을 신으면, 아무래도 무리가 가기 쉽지! 그러니까 내 생각에는… 일단 조금 낮은 걸로 한번 신어보고, 그게 익숙해지면 차차로 더 높은 걸 신는 게 좋겠다는 거지!"

그의 성의가 통한 모양이다. 이윽고 그녀의 얼굴에 웃음기가 돌아온다.

"저기요……! 이것보다 한 단계 낮은 걸로 한번 신어볼게요!"

그녀의 변심(?)에 여직원이 즉각 반응한다.

"네! 고객님! 그럼 10센티미터급으로 한번 신어보세요!"

재빨리 공략 포인트를 변경하는 여직원의 표정도 원래대로의 친절하고 상냥한 것으로 복귀된다. 하긴 안 사겠다는 것도 아니고 매장 내의 다른 제품을 신어보겠다는 것인데, 여직원으로서야 지레 실망할 까닭은 없을 것이다.

10센티미터 굽 높이도 만만치가 않다. 다만 좀 전에 14센티미터의 위태로움에 비해서야 한결 나아 보인다. 무엇보다 이제는 그보다 크지 않다는 점에서 심기가 불편하지도 않고! 어쨌거나 다시금 이렇다 저렇다 토를 달 명분도 없는 것이어서, 그가 고개를 끄덕여 주고 만다.

계산을 마치고 구두 매장을 나서는데, 김강한은 사뭇 어색한 느낌이다. 역시 진초희의 높이 때문이다. 팔짱을 끼며 옆으로 붙어 서는 그녀의 키가 그와 거의 나란할 정도여서 마치 딴사람인 듯하다.

그러나 한편으로는 나름의 맛(?)이 또 있기도 하다. 웬만한 모델보다도 더 늘씬한 여인을 옆에 세우고 나란히 걷는 데 대한! 다만 팔짱을 낀 그녀의 팔에 한층 힘이 들어간 게 느껴져서 그가 슬쩍 묻는다.

"괜찮아? 걷는 데 불편하지 않아?"

"아뇨! 전혀요!"

그녀의 대답이 사뭇 꿋꿋하다.

심쿵이 아니라, 심정지를 당하는 한이 있더라도

　진초희가 다시 김강한의 손을 잡아 이끈 곳은 여성 의류 매장이다. 이번에도 그녀는 고르는 데 주저하는 기색이 전혀 없다. 한번 쭉 훑어보고는 곧바로 붉은색 미니드레스 하나를 집어 든다. 그리고 잠시 후! 그녀가 들어간 탈의실의 문이 열리는 순간, 그는 말 그대로 '심쿵!' 하고 만다.

　'너무 높고, 너무 짧고, 너무 강렬하다!'

　킬힐에 붉은색 미니드레스를 걸친 그녀의 모습은 딱 그렇다.

　"나 어때요?"

　묻는 그녀의 얼굴에 기대감이 서린다.

　'예쁘다! 매력적이다! 섹시하다!'

　그런 쪽의 리액션을 기대하고 있을 것이고, 그도 그렇게 해주고 싶다. 그러나 차마 그런 리액션은 나오지 않아서, 그는 차라리 아무 반응도 내지 않는 쪽을 택한다. 그러자 그녀가 문득 정색으로 된다.

　"지금 아니면 언제 또 이렇게 해보겠어요? 나 혼자서는 못해요! 하고 싶지도 않고요! 당신과 함께 있는 지금 해보고 싶어요!"

그 말에는 김강한이 또한 문득 진지해지고 만다. 그러고 보면 그동안 그가 그녀를 즐겁게 해준 적은 별로 없었던 것 같다. 그녀 스스로는 즐거워했을지 몰라도, 그가 적극적으로 나서서 그녀를 즐겁게 만들어주었던 적은 말이다.

그런 터에 지금의 이런 것들이 그녀에게 소소한 즐거움이라도 된다면! 그것으로 인해 심쿵이 아니라, 심정지를 당하는 한이 있더라도 맘껏 하게 해주어야 하는 것이 아닐까? 그에게 가장 소중한 사람이 바로 그녀라고 말할 수 있으려면 말이다.

사실은 그가 적극적으로 나서고 말고 할 것도 없는 일이다. 그냥 그녀가 하고 싶은 대로 하도록, 그냥 지켜봐 주고 그저 지지를 표시해 주기만 하면 되는 일이다.

김강한은 그녀를 향해 가만히 고개를 끄덕여 준다. 무조건적인 지지를 담아서! 그녀의 표정이 대번에 밝아진다. 화사하다. 화려하다. 그럼으로써 그녀는 더욱 높고, 짧고, 강렬해지는 듯하다.

무조건 오케이

또각!
또각!
김강한에게 한 팔을 의지한 채로 진초회가 당당하고도 대범한 워킹으로 여성 의류 매장을 나선다. 대번에 부근 사람들의 시선이 집중된다. 그녀에게로! 또 덩달아서 그에게로도!

다음으로 들른 액세서리 매장에서 그녀는 선글라스와 모자를 고른다. 역시나 보통 사람들로서는 소화해 내기가 쉽지 않은 사뭇 패셔너블한 디자인들이다.

이번에는 그에게도 선글라스와 모자 한 개가 얻어걸린다. 거울에 비춰 본 모습은 가히 패션 테러라고 할 만하지만, 그러나 그녀가 권한 것들이다. 그는 무조건 오케이를 한다. 다행인 것은 그 커다랗고 짙은 색의 선글라스와, 푹 눌러쓰는 형식이라 이마까지가 간단히 가려지는 모자 덕분에, 쳐다보는 사람들의 시선에 대한 부담이 한결 덜해졌다는 점이다.

여기서 나가야 되겠어!

5층의 스포츠용품 매장들을 둘러보고 있는 중에, 진초희의 걸음은 이제 한결 자연스러워졌다. 그와 팔짱을 끼지 않고도 당당하고 대범한 워킹을 하고 있다. 하긴 김강한도 더는 그녀에게 한 팔을 내줄 수 있는 처지가 아니다. 그의 양손에 이미 여러 개의 쇼핑 가방들이 들려 있는 때문이다.

하릴없이 진초희의 뒤를 따라다니던 중에, 김강한이 설핏 주변을 훑어본다. 외단 영역의 외곽부에서 갑작스러운 조짐들

이 감지된 때문이다. 에스컬레이터와 엘리베이터를 통해 일단
의 사내들이 몰려들더니, 두세 명씩 조를 짜서는 5층의 매장
사이 통로들을 훑듯이 누비기 시작하고 있다.

'그녀를 찾고 있다!'

그가 곧바로 직감하면서, 뒤이어 짐작해 본다.

'카드?'

그녀의 손목시계에는 여전히 맞춤의 캡슐이 씌워져 있다.
그렇다면 아마도 카드를 추적한 것이리라! 그가 다 사주겠다
고 큰소리를 쳤지만, 백화점에 들어서면서 그녀가 슬그머니
자신의 카드를 건넸고, 그는 못 이긴 척 그것으로 계산을 했
던 것이다. 카드가 추적당할 가능성을 생각 안 한 건 아니다.
그러나 이렇게 즉각적으로 추적을 당하리라고는 미처 예상을
하지 못했던 바다.

'어떻게 한 걸까?'

의문이 생기지 않을 수 없다. 국가기관도 아닌 일개 민간
재단에서 개인의 신용카드 사용 정보를 함부로 조회할 수 있
는 것도 아닐 텐데 말이다.

다만 와중에 다행이라고 할 것은, 지금 그녀와 그가 제법
요란한 변신(?)을 하고 있다는 점이다. 특히 지금 그녀의 모습
에서는, 누구도 그녀가 진초희라는 사실을 쉽게는 알아채지
못할 만큼!

"여기서 나가야 되겠어!"

그가 그녀의 곁으로 붙어 서며 나직이 속삭인다. 그러자 그녀가 대번에 긴장을 떠올린다.

볼썽사나운 행각

킬힐에 붉은색 미니드레스! 거기에다 사뭇 패셔너블한 선글라스와 모자까지!

그리하여 '너무 높고, 너무 짧고, 너무 강렬한!' 진초희의 요란함은 사람들의 시선을 단연 끄는 데가 있지만, 그런 덕분으로 오히려 추적자들의 날카로운 시선을 비껴가는 효과도 확실히 있는 것 같다.

추적자들은 그녀가 납치되거나 위협을 받고 있는 상황을 상정하고 있을 터다. 그런데 사람들로 붐비는 백화점 안에서 이렇게 당당하고도 대범하게 활보를 하리라고는 미처 상상하지 못할 테니 말이다. 더욱이 영 어울리지 않는 선글라스와 모자를 눌러쓰고서 양손 가득 쇼핑백을 든, 그리하여 연예인의 후광에 기대어 괜히 겉멋만 잔뜩 든 매니저 같은 느낌의 납치범을 또한 상상하기 어려울 것이다.

김강한이 일단 비상계단은 포기한다. 이런 와중에서도 그녀에 대한 배려다. 킬힐을 신고 계단을 뛰어 내려가자고 할 수는 없는 노릇이니 말이다. 그렇다고 그녀에게 킬힐을 벗고 원래 신었던 편한 구두로 바꿔 신으라고 할 생각은 더욱이 없다. '그녀에게 소소한 즐거움이라도 된다면, 심쿵이 아니라 심정지를 당하는 한이 있더라도 맘껏 하게 해주겠다!'고 마음먹은 게 얼마나 되었다고, 이제 상황이 조금 긴박해졌다고 해서 그런 짓을 한다는 건, 그야말로 남자의 자존심 문제이지 않겠는가?

다음으로 에스컬레이터와 엘리베이터 중에서, 그는 후자를 택한다. 그 양쪽 모두에 추격자들로 보이는 사내들이 두세 명씩 지켜 서 있는 중이지만, 에스컬레이터로 지하까지 가자면 내려가는 층마다 다시 추격자들을 마주쳐야 할 공산이 크다. 그렇다면 엘리베이터로 한 번에 지하 주차장까지 내려가는 게 낫겠다는 판단에서다.

그런데 김강한과 진초희가 엘리베이터 오기를 기다리고 서 있을 때다. 엘리베이터 주변을 지켜 서 있던 건장한 사내들 셋이 유심한 시선으로 두 사람을 뜯어보자, 그녀가 보란 듯이 그의 어깨에 머리를 기대온다. 당황스러운 노릇이다. 그러나 김강한으로서야 양손에 여유가 없으니, 어색한 채로 멀뚱히 서 있을 수밖에 없다. 그런 중인데 그녀는 다시, 한층 대담하게도 두 손을 그의 허리에다 두르더니, 이어서는 아예 그의 품에다 얼굴을 파묻는다.

청춘 남녀의 애정 행각이랄 만하다. 더욱이 '짧고 높고 강렬한' 미녀가 적극적으로 주도하는 그런 모습은 도발적이기까지 하다. 주변의 사람들이 오히려 시선을 회피한다. 두 사람에게 탐색의 시선을 주고 있던 사내들도 마찬가지다. 이윽고는 시선을 다른 데로 돌리고 만다. 하긴 납치를 하고, 또 납치를 당한 관계에서는 도저히 벌어질 수 없는 광경이리라!

띠~링!

이윽고 엘리베이터가 도착한다. 엘리베이터에 타면서까지 진초희는 김강한의 허리에 두른 팔을 풀지 않는다. 두 사람의 그런 볼썽사나운(?) 행각에 대해서는, 함께 탄 다른 사람들이 놀라거나 혹은 불편한 기색을 보이며 한 발씩을 구석 쪽으로 비켜선다.

립 서비스인 척 날리는 멘트

"괜찮아?"

지하 3층에서 엘리베이터를 내려 콜택시가 기다리고 있는 곳으로 걸어가는 중에, 김강한이 그녀에게 묻는다.

"뭐가요?"

진초희의 그 물음은 반문이라기보다는, 오히려 편안한 느낌이다.

"힘들지 않냐고?"

그녀가 가볍게 미소 지으며 다시 반문한다.

"당신은요?"

"나? 나야, 뭐……! 나랑 함께해 보고 싶은 게 많다며? 그런데 이 정도로 벌써 힘들면 안 되지!"

"훗!"

그녀의 짧은 웃음이 수줍어 보인다. 이어 그녀가 슬쩍 말을 덧붙인다.

"나도 전혀 힘들지 않아요! 오히려 스릴도 있고, 재미있는 걸요! 다만… 우리 때문에 괜한 수고를 하는 분들께는 미안하지만……!"

그 말에는 두 사람이 마주 보며 새삼 실없는 미소를 흘리고 만다. 그런 중에 그들은 콜택시가 주차해 있는 곳에 당도했고, 기사 양반이 얼른 나와서는 김강한에게서 쇼핑백들을 받아 든다. 그리고 곧장 쇼핑백들을 트렁크에 실으려는 것을, 김강한이 그중에서 비닐 가방 하나를 따로 빼낸다. 진초희가 본래 신고 있던 구두가 든 가방이다.

"불편할 텐데, 이제 이걸로 갈아 신어!"

김강한이 구두를 꺼내 바닥에 놓아주자 그녀가 환하게 웃으며 반긴다.

"안 그래도 발이 아프던 중이에요!"

그녀의 손을 잡아 몸을 지탱해 주며, 그가 슬쩍 말을 건넨다.

"당신은 무얼 해도 예쁘지만, 사실은 그냥 당신일 때가 가장 예뻐!"

짐짓 립 서비스인 척 날리는 멘트이지만, 사실은 그의 진심이다. 그녀의 얼굴로 배시시한 미소가 번진다. 말간 양 볼이 발그레하게 상기되는 것 같기도 하다.

"어디로 모실까요?"

기사 양반이 묻는다. 두 사람의 달달한 분위기 때문인지 두어 번이나 입을 딸막인 끝에야 조심스럽게 묻는 말이다.

그래야 하는 거겠죠?

"그만 철수하라고들 합시다!"

이철진의 말에, 최유한 박사가,

"그래야 하는 거겠죠?"

하는 물음으로 담담히 수긍한다. 이철진이 입가에 빙그레한 미소를 걸며 느긋하게 고개를 끄덕인다.

"청춘이지 않소? 청춘 남녀의 연애 사업에 방해가 되면 곤란하지!"

"하하하!"

최유한 박사의 웃음소리가 또한 사뭇 흔쾌하다.

덕분

김강한과 진초희는 호텔에 있다. 로비나 라운지가 아니라 객실이다. 아예 투숙을 한 것이다.

사실 그도 그녀도 이처럼 아무렇지도 않게, 그것도 백주 대낮에 대놓고 호텔방으로 직행할 만큼 대범하지는 못하다. 그들이 아무리 '이미 몇 개의 만리장성을 공동 축성한 사이'라고 해도 말이다.

그럼에도 사태(?)가 이렇게 된 것은, 콜택시 기사 양반 덕분(?)이다.

불감청(不敢請) 고소원(固所願)

"어디로 모실까요?"

백화점 지하 주차장을 벗어나면서 콜택시 기사 양반이 묻는 말에, 김강한도, 진초희도 문득 막막하다. 어디로든 갈 수야 있다. 그러나 그렇게 절박하지는 않지만 어쨌든 도망자인 처지에서는, 당장에 갈 곳을 정하기가 쉽지는 않다. 그런 중에 기사 양반이 슬쩍 말을 보탠다.

"어디 편하게 쉴 만한 곳으로 모셔다드릴까요? 쇼핑하느라 피곤하신 것 같기도 하고, 아가씨가 발도 아프다고 하시니까……!"

그 말이 참 맞춤하다 싶다. 김강한이 생각할 것도 없이 곧바로 대답을 낸다.

"예! 그렇게 해주세요!"

택시가 달리고 있다. 그와 그녀는 차창 밖으로 스쳐 가는 풍경을 보면서 오붓하게 드라이브를 즐기는 마음으로 된다. 그렇게 다시 얼마나 지났을까? 이윽고 택시가 멈추어 선다.

"여기가 어딥니까?"

김강한이 물으면서도 이미 당황스럽다. 한눈에 호텔이라는 것을 알아볼 수 있는 때문이다.

"여기서 묵었던 손님들이 하나같이 엄지를 치켜세우더라고요! 서울에서는 최고라고! 공식적인 호텔 등급으로는 별 다섯 개가 최고지만, 이 호텔은 7성급이라고! 그래서 특별히 두 분을 여기로 모시고 온 겁니다……."

기사 양반이 자못 생색을 내던 중에, 뒤늦게야 뒷좌석의 당황스러운 침묵을 눈치챘는지 머쓱하니 말끝을 흐린다. 그리고는 룸미러로 슬쩍 뒷좌석의 눈치를 보면서 어물쩍 말을 돌린다.

"이거, 아무래도 제가 생각을 잘못한 모양인데… 다른 곳으로 갈까요?"

그런 데는 김강한이 또 얼른 상황을 수습한다.

"아, 아닙니다! 기왕에 왔는데… 여기서 내리겠습니다! 호텔 커피 한잔하는 것도 괜찮겠네요!"

기사 양반이 재빨리 장단을 맞춘다.

"예, 예! 그럼요! 여기 몇 층엔가 라운지가 있다는데, 거기 커피 맛이 또 아주 일품이라고 하더라고요!"

김강한이 서둘러 내려서는 진초희를 부축해 내린다. 비록 구두는 편한 걸로 갈아 신었다지만, 그녀의 붉은색 미니드레스는 여전히 불편한 데다, 더욱이 혼자 내리도록 두기에는 사뭇 위태롭기까지 하다.

기사 양반이 트렁크에서 쇼핑백들을 꺼내 김강한에게 건네면서 짐짓 한쪽 눈을 찡긋해 보인다. 그 의미야 대충은 짐작해 볼 만하다.

'잘해보시라!'

그런 정도 아닐까? 남자들끼리 통하는! 더하여 자신이 '예쁜 짓'을 하지 않았느냐는 생색도 있을 것이고! 김강한이 진초희에게는 보이지 않도록 슬쩍 기사 양반에게 어색한 미소를 지어준다. 어색하지만 사실이다. 뜻하지 않았던 선물을 받은 것만 같다.

'불감청(不敢請)이언정 고소원(固所願)이라! 감히 청하지는 못

하지만, 간절히 바라던 바다!'

그런 말은 바로 이런 경우에 쓰라고 있는 것이리라!

과감하게(?) 리더십을 발휘할 때

진초희에게는 엘리베이터 앞에서 잠시 기다리라고 하고, 김
강한이 곧장 프런트로 간다.

"룸 하나 주세요!"

단도직입의 요구에 프런트 직원이 힐끗 시선을 주지만, 곧바
로 친절하게 묻는다.

"어떤 룸으로 하시겠습니까?"

"알아서 적당한 걸로! 아니, 괜찮은 걸로!"

김강한의 그 요구에는 프런트 직원이 슬며시 미소를 비친
다. 간단하게 체크인을 마친 김강한이 객실 키를 챙겨 그녀에
게로 간다. 다음 순서는 그녀에게 동의를 받는 것이다.

순서가 바뀐 것 같지만, 기왕에 일이 이렇게까지 되었는데
커피나 한잔 마시고 갈 수는 없는 노릇이다. 아무리 일품 커
피라고 해도! 이럴 때야말로 남자다워야 한다. 과감하게(?) 리
더십을 발휘할 때인 것이다.

꼭대기 층까지 올라갔던 엘리베이터가 빠르게 내려오고 있
다. 기다렸다가 2층까지 내려왔다는 표시가 보일 때, 그는 한

호흡에 말을 주워섬긴다.

"어차피 이렇게 된 것 조금만 쉬다 가자! 그 불편해 보이는 옷도 좀 갈아입고……!"

대중없이 던지는 그의 말에, 그녀가 두 눈을 크게 뜨며 뭐라고 이의라도 제기할 모양새로 되는데,

띠~링!

마침 엘리베이터가 도착하며 문이 열린다. 또한 마침 아무도 없다.

"타!"

갑작스러운 그의 터프(?)에, 이윽고 그녀의 두 눈이 동그래지고 만다. 그렇더라도 그녀는 이의를 제기하지는 않고서 순순히 엘리베이터 안으로 들어선다.

그러지 뭐!

29층의 객실에서 두 사람은 안락의자에 앉아 있다. 투명한 통유리창을 통해 한강과 도시의 전경을 아우르는 툭 트인 전망이 펼쳐져 있다. 멋지다. 마치 하늘에 떠 있는 기분이다.

거실과는 별도의 공간에 커다란 더블베드가 놓인 침실은 포근하고도 안락한 분위기다. 전체적인 인테리어는 품격이 있고, 비품들은 작고 사소한 것들까지 럭셔리하다. 7성급 호텔

운운하던 콜택시 기사 양반의 생색이 그저 허풍은 아니었던 셈이다. 호텔의 프런트 직원 또한 '알아서 괜찮은 걸로!' 달라는 그의 요구를 제법 충실하게 만족시켜 준 셈이고!

"우리는 서울의 한복판으로 탈출을 했네요! 호호호!"

진초희가 짐짓 밝게 웃어 보인다. 아무리 품격 있고 럭셔리하다지만, 어쨌든 호텔방이라는 장소가 주는 어색한 분위기를 풀어보려고 하는 것이리라!

"먼저 씻어!"

김강한이 불쑥 뱉어놓고 나서는 곧바로,

'아차!'

싶다. 생각 없이 나온 말이다. 이제는 터프할 때가 아니라, 부드러움이 필요할 때인데 말이다.

"후훗!"

그녀가 어색하다는 듯이 웃는다. 그러더니,

"당신 먼저……!"

하는데, 목소리가 들릴락 말락 기어들어 간다. 김강한이 차라리 안도하며,

"그러지 뭐!"

하고 짐짓 태연한 척 받는다.

그리고 벌써부터 쿵쾅대기 시작하는 심장박동을 애써 누르며, 서둘러 욕실로 향한다.

이제쯤에 그의 머릿속을 온통 채우고 있는 것은

두 사람은 다시 창가의 안락의자에 앉아 도시의 야경을 함께 바라보고 있다.

진초희는 할 얘기가 많은 모양이다. 이런저런 얘기들을 끝이 없을 듯이 꺼내놓고 있다.

그러나 김강한으로서는 그녀의 얘기가 점점 귀에서 멀어지고 있는 중이다. 이제쯤에 그의 머릿속을 온통 채우고 있는 것은

'장락밀!'

'해독!'

'만리장성!'

그런 단어들뿐이다.

지금 내 상황이 그때 당신이랑 똑같아!

"으… 응? 왜……?"

그녀가 코앞까지 얼굴을 들이대고 빤히 들여다보고 있다는 걸 문득 깨달은 김강한이, 지레 움찔 놀라며 묻는다.

"무슨 걱정거리라도 있나요?"

진초희가 가만히 미간을 좁히며 묻는다.

"응!"

간단히 수긍한 다음에, 그가 솔직한 심정을 덧붙인다.

"아까도 말했지만, 내가 지금 상당히 위험한 처지에 놓여 있거든!"

그녀의 미간이 가만히 좁아진다. 그러나 그녀는 이내 표정을 바로 하며 차분한 목소리로 말한다.

"무슨 일인지 모르겠지만, 이젠 괜찮아요! 아까도 말했잖아요? 그 어떤 위험이라도 내가 반드시 당신을 구해줄 거라고! 그러니까 이제 안심해요!"

그가 잔잔한 웃음으로 확인한다.

"정말 안심해도 돼?"

"응!"

"그럼, 나 진짜… 믿는다?"

그녀가 이번에는 대답 대신 가만히 그의 어깨에 머리를 기대온다. 그리고 속삭인다.

"그러니까 이제 말해봐요! 지금 당신이 처해 있는 위험이 무엇인지, 어떤 것인지……?"

그가 잠시 그녀의 부드러운 머릿결을 쓰다듬고 있다가 담담히 묻는다.

"예전 우리 처음 만났을 때 기억나? 그때 당신이 어떤 상황이었는지?"

그녀가 잠시 틈을 두었다가 작은 소리로 대답한다.

"응……!"

"그때 당신이 왜 그런 상태로 되었는지, 그 원인을 알아냈어!"

"……."

그녀는 침묵한다. 굳이 알고 싶지 않다는 듯이! 그러나 그로서는 얘기를 하지 않을 수 없다. 그다음의 얘기를 좀 더 쉽게 풀어내기 위해서라도!

"장락밀이라고 하는 약에 당했던 거야! 중국에서 오랜 옛날부터 전해오는 음약인데, 일종의 강력한 흥분제 같은 거야!"

"……."

"그게 치료제가 따로 없는 거라서… 일단 중독이 되면 오직 남녀 간의 교합을 통해서만 해독을 할 수 있고, 다른 방법은 전혀 없어! 그래서 그때 우리가 그렇게… 인연을 맺게 되었던 거고!"

"음……!"

그녀가 그제야 나지막한 신음 소리처럼 반응을 한다.

"그런데 지금 내 상황이 그때 당신이랑 똑같아! 어쩌다가 보니 장락밀에 중독이 되고 말았어! 사실은 그래서 급하게 당신을 찾아온 거야!"

그녀의 남자로서 그를 신뢰하기에 충분하다는 믿음

진초희는 잠시 혼란스럽다. 그가 어쩌다가 그 이상한 약에 중독이 됐는지 묻고도 싶다.

그러나 그녀는 이내 마음을 추스른다. 굳이 혼란스러울 것도 없다. 또한 굳이 물어볼 것도 없다. 그런 것들은 크게 중요하지 않을 것이기에!

그 지독한 중독을 또한 경험해 본 처지로서, 그것이 사람의 힘으로 어떻게 제어하고 억제할 수 있는 것이 아님을 그녀는 지금도 악몽처럼 생생하게 기억하고 있다.

그럼으로써 이미 충분하다.

그녀가 중요하다고 여기는 것은 이미 충족이 되었다. 그가, 그녀의 남자가 그런 이상하고도 지독한 약에 중독이 된 처지로 그녀를 찾아왔다는 사실! 그것만으로도 그녀의 남자로서 그를 신뢰하기에 충분하다.

더 자세한 사정은 나중에 들어봐도 될 것이다. 그가 말해준다면!

쉽진 않을 거야!

"우리는 그때와 똑같은 상황에 놓였지만, 이번에는 당신이 날 구해줘야 해!"

김강한이 이윽고 말하고 싶었던 결론을 꺼낸다. 진초희가 고개를 들어 그를 응시한다.

"물론이에요! 내가 당신을 구해줄게요!"

사뭇 결연한 투다. 그러나 그녀는 다시 가만한 미소를 머금는다. 그가 또한 가만한 미소를 떠올린다.

"쉽진 않을 거야! 내가 몹시 거칠어질 수도 있고……!"

그 말에는 그녀가 문득,

"후훗!"

나직한 소리로 웃고 나서 다시,

"예전에 나도 그랬을 거 아니에요?"

하고 묻는다. 김강한이 또한 가벼운 웃음으로 받는다.

"훗! 그랬지! 아주 엄청났었지!"

"좋아요! 나도 할 수 있어요! 당신이 아무리 엄청나다고 해도……."

그러나 그녀는 자신의 각오를 다 말하지 못하고,

"흡……!"

하고 숨 막히는 소리를 토해낸다. 김강한이 거칠게 그녀를 당겨 안아버린 때문이다. 묶여 있던 장락밀의 약성이 순간 풀렸고, 그의 내부에서는 곧바로 거센 정염의 불꽃이 활활 타오르고 있다.

절정

그녀의 나신이 눈부시도록 풍염하다.

그는 짧은 순간이나마 호흡을 가다듬는다.

그리고 본능에 순응한다.

그러나 그것에 지배당하지는 않는다.

천천히!

아주 천천히 둘은 하나가 된다.

그리고 격렬하게 서로에게 부딪쳐 간다.

온몸으로!

온 힘으로!

그러나 혼자만의 쾌락을 추구하지는 않는다.

그도!

그녀도!

오히려 서로에게 쾌락을 주고자 한다.

온 마음을 다해!

쾌락은 교감하는 것이다.

그럴 때만이 진정한 쾌락과, 그 끝의 절정을 함께 누릴 수 있다.

가쁜 숨소리와 달뜬 신음 소리가 공간을 뜨겁게 채운다.

쾌락이 밀려든다.

희열이 밀려든다.

거대한 해일처럼!

둘은 애타게, 간절하게 서로에게 매달린다.

둘은 한 몸이 되어 열락의 거친 파고를 넘고 또 넘는다.

그리고 둘은 이윽고 절정의 순간에 도달한다.

문득 미안하다

그는 문득 눈을 뜬다. 아침이다.

그러나 그는 손끝 하나 움직이지 않고, 공간에 가득 찬 느낌들에 몰입한다.

그가 속한 이 공간은 이제 간밤의 뜨거움은 아닐지라도 대신 무한히 깊은 사랑과, 또 한없이 마음을 편하게 만드는 잔잔한 평화로 충만해 있다.

그녀는 아직 깊은 잠에 빠져 있다.

쌕~!

쌕~!

그녀의 숨결이 맨살의 그의 가슴팍을 간질인다.

그는 문득 미안하다.

지난밤 너무 거칠었던 데 대해!

그녀를 너무 힘들게 만들었던 데 대해!

그러면서도 그는 즐기고 있다.

여전히 온몸에 나른하게 배어 있는 쾌락과 희열의 여운을!

제2장
—
3대 개발 프로젝트

확 부숴 버릴까?

따르~릉!

전화 벨이 울린다. 거실 탁자에 놓인 전화기다.

'확 부숴 버릴까?'

먼저 드는 생각은 그렇다.

외단이라면 소리 없이 전화기를 박살 내버릴 수 있다.

그러나 그렇게까지 할 수는 없는 노릇이다.

지금의 이 소중한 시간을 방해받는 건 싫지만, 그렇다고 그

런 파괴로 사랑과 평화로 충만한 이 공간을 오염시킬 수는 없
다.

그는 조심스럽게 그녀를 떼어놓는다. 그리고 조용히 몸을
일으켜 거실로 간다.

그 양반 고집

"여보세요!"

수화기에서 이철진의 목소리가 흘러나온다.

김강한이 우선은 당혹스럽다. 이철진이 객실로 전화를 했
다는 것은, 결국 그들의 시선에서 계속 벗어나지 못하고 있었
다는 의미일 테니까 말이다. 그러나 당혹스럽기는 하되, 상관
은 없을 일이다. 어차피 이제는 그들의 시선에서 벗어나야 할
이유가 없어진 셈이니까!

"조 대표! 그래, 회포는 잘 풀었소?"

이철진의 그 말에 대해서는 김강한이 또, 사뭇 노골적이라
는 뉘앙스를 받을 수밖에 없다. 그의 민망한 심정을 짐작이라
도 한다는 듯이 이어지는 이철진의 말에서는 웃음기가 느껴
진다.

"나도 우리 조 대표 얼굴 한번 봅시다!"

김강한도 반갑지 않을 리는 없다. 그동안 이철진과는 목소

리는 몇 번 들었어도, 얼굴을 본 지는 꽤나 오래되었으니 말이다.

"우리가 그쪽으로 가겠습니다!"

그런데 김강한의 그 말에 대해서는 이철진이,

"지금 이리로 오는 건 좀……."

하고 곤란하다는 시늉이더니 슬쩍 덧붙인다.

"사실은 최 박사가 아직은 안 된다고 미리 선을 그어버립디다!"

"왜요? 저한테는 비밀이라는 겁니까?"

김강한이 짐짓 따지듯이 되는 것은, 반가움과는 별개로 그다지 내키지 않는 바가 있어서다. 즉, 그와 진초희가 또 하나의 역사를 새긴 이 공간을, 오로지 두 사람의 기억에만 남겨두고 싶어서다. 다른 누구와 기억을 나눠 가지면, 그 소중함이 조금이라도 덜해질까 봐 조심스러운 심정쯤이라고 할까?

"그럴 리야 있겠소? 다만 최 박사가… 조 대표에게는 반드시 완성된 결과물로 보여줘야 한다고 고집을 피우는 것이지! 허허! 그 양반 고집이 어떻다는 건, 조 대표도 잘 알잖소?"

이철진의 그 말에는 김강한도 수긍이 되는 터인데, 이철진이 다시 말을 보탠다.

"그냥 우리가 그쪽으로 가겠소! 이런저런 일들로 한동안 시골에 박혀 있었더니, 서울 공기가 그립기도 하고 말이오! 허허허!"

그러는 데야 김강한이 끝까지 안 된다고 하기는 또 그렇다. 다만 이철진의 말 중에서 '우리'라고 한 대목에서는 가벼운 번거로움이 생긴다.

"누구랑 함께 오실 겁니까?"

"아! 최 박사와 같이 가려고 하오! 그 양반이 조 대표에게 꼭 전해줄 선물이 하나 있다고 해서!"

김강한이 가볍게 실소하고 만다.

방금까지만 해도 번거롭다 싶더니, 선물을 가지고 온다는 소리에는 금세 또 마음이 동한다. 최유한 박사가 '꼭 전해줄 선물'이라고까지 말을 했다면, 평범한 물건은 아닐 것이라는 기대가 생겨서일까?

눈빛의 교감만으로도

호텔에 딸린 레스토랑의 조용한 공간! 그들이 서로를 보며 우선 느끼는 감정은 반가움 이상의 벅참이다.

김강한!

진초희!

이철진!

최유한!

그들 네 사람은 서로에게 얽히고 설킨 어떤 운명적인 인연을 느낀다. 그러나 간단히 안부를 전한 후에는 누구도 선뜻 말을 꺼내지 않고 있다.

이철진은 속이 깊지만, 막상 말이 많은 사람은 아니다. 김강한과 그가 서로에게 해야 할, 그리고 하고 싶은 말들은 그동안에 있었던 몇 번의 짧은 통화를 통해서 이미 다 했다고 봐도 좋을 것이다. 또한 그가 새롭게 궁금하거나 알아야 할 필요가 있다고 느끼는 부분이 있더라도, 이 자리 이후에 진초희를 통해서 들어도 될 것이라고 생각할 법하다.

최유한 박사로서는 아마도, 김강한에게 하고 싶은 얘기가 많을 것이다. 그러나 그 얘기들은 네 사람이 함께 있는 자리에서는 쉽게 할 수 있는 것이 아니기 쉽다.

그러니 이 자리는, 그저 편안한 식사와 서로의 깊은 정을 담은 눈빛의 교감만으로도 족할 것이다.

영업비밀

"신호는 도대체 어떻게 차단한 겁니까?"

다른 사람들의 가벼운 대화를 듣고만 있던 중에, 더는 답답함을 참기 어렵다는 듯이 불쑥 꺼내는 최유한 박사의 말이다. 그런 그의 말 중에서 '도대체'라는 수사와, 더욱이 숫제 쏘아보는 듯한 그의 눈빛에서는 뭔가 못마땅해하는 기색마저 비친다. 마치 김강한이 신호를 차단할 수 있었던 것에 대해 인정하거나 용납하기 어렵다는 듯이!

김강한이 가볍게 진초희와 시선을 한 번 맞춘 다음에 빙그레 웃으며 말을 받는다.

"그런 건 묻는 게 아닙니다! 영업비밀이죠! 누구한테도 말할 수 없는 비밀!"

언젠가 어느 타짜에게—그 타짜 본인은 프로 겜블러로 불리길 원했었지만— 했던 말이 문득 떠올라서 인용을 한 것이다. 최유한 박사가 미간에 깊숙한 세로의 주름을 만들더니,

"좋습니다! 그러나 만약 다음번에 한 번 더 비슷한 상황이 생긴다면, 그땐 이번과 완전히 다를 겁니다!"

하고 사뭇 도전적인 투로 받는다. 그런 데는 김강한이 순순하게 수긍하는 투로 응해준다.

"예! 최 박사님이 그렇게 장담을 하시는 이상, 반드시 그럴 것이라고 추호의 의심도 없이 믿습니다!"

그제야 최유한 박사의 얼굴에는 희미한 미소가 떠오른다.

"최 박사님은 정말 굉장한 분이세요!"

진초희가 슬쩍 거들며 끼어든다.

"박사님 같은 분이 어떻게 우리 재단까지 오시게 되었는지 아직도 믿기지가 않을 정도죠! 그런데 여쭤봐도 통 말씀을 안 하세요! 나중에 강한 씨와 만나게 되면 말할 기회가 있을 거

라고만 하시고⋯⋯!"

그녀의 말이 그런 데까지 이어지자, 최유한 박사의 얼굴에
는 이윽고 숨기지 못하는 화색이 번진다. 그의 그런 모습에서
는 순진한 느낌까지 비친다. 그 놀라운 능력과는 사뭇 어울리
지 않게도 말이다. 아울러 반짝거리는 그의 눈빛에서는, 얘기
가 나온 김에 자신의 얘기를 풀어내고 싶은 욕심이 느껴진다.
자신이 그동안 어떤 일을 했으며, 또 얼마나 대단한 성과를
이루어내고 있는지에 대해!

여자만 사랑하지!

"재단의 일원으로서 제가 하는 일에 대해, 진즉에 두 분 이
사장님들께 상세한 보고를 드렸어야 했는데⋯ 그동안 이런저
런 핑계로 미뤄온 데 대해 먼저 죄송하다는 말씀을 드립니
다!"

최유한 박사가 말끝에 정중히 머리를 숙여 보인다. 그의 말
중에서 '두 분 이사장님들'은 진초희와 이철진을 말함이리라!
진초희가 당황스러워하며 얼른 마주 머리를 숙인다. 그러나
이철진은,

"허허허!"

가벼운 웃음으로 받더니, 농담조를 보탠다.

"하긴 그동안에 우리 최 박사께서 너무 조 대표만 바라보는 것 같아서 솔직히 섭섭하기도 했는데, 오늘에야 초희 씨와 나도 제대로 대접을 좀 받게 되는 것 같소!"

그 말에는 진초희와 김강한이 또한 웃음으로 분위기를 맞추는데, 다만 최유한 박사는 여전히 정색을 풀지 않는다. 그에 진초희가 눈치껏,

"그러게요! 저도 최 박사님께서 세상에서 오로지 한 사람만 사랑하시는 줄 알았다니까요? 호호호!"

하고 밝은 웃음소리로 끼어든다. 그리고 나서야 최유한 박사가 희미하게나마 겸연쩍은 미소를 떠올리는데, 거기에다 김강한이 다시,

"무슨 소리? 난 남자 안 좋아한다고? 여자만 사랑하지!"

하고 농담을 보태자, 좌중의 분위기가 이윽고 유쾌하게 풀린다.

3대 개발 프로젝트

최유한 박사는 자신이 중점적으로 진행하고 있는, 소위 3대 개발 프로젝트에 대해 요약 보고 겸 설명을 한다.

즉, 다음의 세 가지다.

첫 번째! UAI(Ultimately Artificial Intelligence)! 우리말로 하

자면 궁극적 인공지능쯤 되겠다.

두 번째! MSS(Micro Satellite System)! 초소형 위성 체계!

세 번째! ASF(Advanced Stealth Fortress)! 최첨단 스텔스 요새

UAI(Ultimately Artificial Intelligence)

UAI 즉, 궁극적 인공지능은 최유한 박사가 필생의 목표로 삼고 있는 프로젝트이다.

이미 오래전부터 여러 형태를 거치면서 세부 항목별로 개발이 진행되어 온 이 프로젝트는, 그 전체적인 개념과 성과의 총합이 최유한 박사의 머릿속에서만 이루어지고 있다.

UAI의 세부 항목들 중 가장 중요한 것을 하나만 꼽자면, IDL(Infinite Deep Learning)이다. 번역하자면 인공지능의 무한 학습이랄까?

곧, UAI의 두뇌 격이다. 이미 이십 년 전에 최유한 박사에 의해 표준 모델(prototype)이 개발된 이래 현재까지 온, 오프라인을 자유롭게 넘나들며 방대한 지식들을 학습하고, 또 자체적으로 응용 심화를 시켜 나가고 있는 중이다.

어쨌든 UAI는 몇몇 분야에서 이미 상당한 성과들을 내고 있고, 그 성과들은 나머지 2대 개발 프로젝트인 MSS와 ASF의 개발에도 접목이 되어 활용이 되고 있다.

MSS 즉, 초소형 위성 체계를 구성하는 초소형 위성은 그 크기가 직경 1㎝ 이하의 그야말로 초소형의 인공위성 개념이다.

이것들을 우주 발사체 한 기에다 한꺼번에 수백, 수천 개를 실어 지구 대기권 밖으로 쏘아 보내 방사시키면, 그 각각의 초소형 위성들은 태양에너지로 자가발전을 하며 지시된 위치의 궤도로 이동하여 지구 주위를 공전하게 된다.

이렇게 지구 밖 위성궤도에 수만, 수십만, 나아가 수백만 개의 위성들이 분포하게 되면, 지구상 곳곳의 방대하고도 광범위한 정보를 수집하는 가장 효과적인 도구로 쓸 수 있게 된다. 나아가 그것들을 UAI와 연계시키면, 그때는 전 세계의 온라인망과 컴퓨터망을 비롯한 정보통신망의 완전한 장악이 가능하다.

뿐만 아니다. MSS는 또한 그 자체로, 기존의 무기체계와는 차원이 다른 신개념의 초강력 우주 무기체계가 된다.

즉, 각각의 초소형 위성에는 자유자재로 접었다 폈다 할 수 있고 넓은 표면적을 가지는 폴더블(foldable) 초박막 집광 판이 장착되어 있다. 그리하여 초소형 위성들끼리 결합하여 하나의

거대한 집광 판을 형성하면 가히 무한대의 태양광 에너지를
지구상의 원하는 좌표에 모을 수 있는데, 그것은 곧 거대하고
도 엄청난 파괴력을 지닌 무기체계로 쓸 수 있음을 의미한다.

ASF(Advanced Stealth Fortress)

ASF 즉, 최첨단 스텔스 요새는 최유한 박사가 이룸 재단을
위해 특별히 구상한 요새 시스템이다.

재단으로서는 지난번의 기존 아지트에 대한 나카야마카이
의 공격과, 또 잠재되어 있는 보다 큰 여타의 위협들에 대응하
기 위해 기존의 아지트와 서울의 거점들을 일괄 폐쇄하고, 제
반 활동을 음성화 내지는 점조직화한 바 있다.

그러나 그로 인해 재단 활동이 크게 위축되어 사실상 전면
적 중단의 지경으로까지 되면서, 은밀하면서도 강력한 방어
수단을 갖춘 재단 본부를 재구축할 필요성이 절대적으로 대
두되었다. 최유한 박사가 재단에 합류한 것은 그럴 즈음이다.

김강한으로부터 강력한 추천이 있었기에, 재단에서는 최유
한 박사에 대해 어떤 이의나 검증 과정도 없이 무조건으로 받
아들였다. 김강한에게 목숨을 구함받은 중에 여전히 엄중한
위협에 노출된 채로 재단에 일신을 위탁하게 된 처지에서, 그
런 무한의 신뢰를 받는 데 대해 오히려 부담을 느낀 것은 최

유한 박사다. 그러던 차에 마침 재단에서 가장 필요로 하는 사항에 대해 알게 되었고, 재단을 위해 기여를 하고 싶다는 강한 의욕으로 그 일을 자신이 한번 맡아보겠다고 자청을 하였다.

그리고 그렇게 일이 시작이 되고 나서는 최유한 박사 자신의 기존 프로젝트와 자연히 접목이 되면서 ASF 즉, 최첨단 스텔스 요새를 구축하는 프로젝트로 진전이 되었다.

현재로서는 시급성 우선으로 일 단계의 요새 체계를 먼저 완성시켰는데, 사실상 그것만으로도 재단에서 처음에 필요로 하고 원하던 것 이상을 갖추었다고 하겠다. 즉, 새로운 재단 본부가 위치한 요새 주변은 겉보기에 흔한 감시 카메라조차 없는 무방비 같지만, 사실은 철옹성이라 할 만큼의 강력하고도 은밀한 방어 능력을 갖추고 있는 것이다.

요새의 상공에는 초소형 위성의 개발 중간 단계인 위성체들이 배치되어 있는데, 내장된 마이크로 카메라를 통한 정밀한 감시체계망을 구축함과 동시에, 또한 내장된 마이크로 레이저포로는 인마 살상이 가능한 정도의 위력을 지닌 레이저 빔을 발사할 수 있다. 또한 이들 위성체들은 태양광 에너지와 핵에너지 기반의 자가발전 시스템으로 반영구적인 운용이 가능하다.

그런 것들이 정말로 가능하긴 한 겁니까?

이철진과 진초희는 경악하고 만다. 그들과 최유한 박사는 현재 한 공간이라고 할 수 있는 곳에서 함께 생활을 하고 있다. 그러나 최유한 박사가 보다 큰 개념의 어떤 일을 하고 있다는 건 짐작하고 있었더라도, 그처럼 엄청난 일들이 진행되고 있다는 것은 상상조차 해보지 못했던 것이다.

특히나 새로운 재단 본부를 구축하는 건에 있어서는 광활한 지상의 부지를 자연 농장화하고, 그 일부에 몇 채의 전원주택단지를 짓고, 또 지하에 일단의 시설물들이 구축되고 있다는 정도로만 알고 있었다. 그런데 무슨 마이크로 카메라와 레이저 무기까지 갖춘 위성체들이 상공에 배치가 되고, 그리하여 가히 철옹성이라고 할 만한 요새가 구축되고 있는 줄은 미처 모르고 있었던 것이다.

더하여 커다란 의문이 생기지 않을 수 없다. 최유한 박사가 아무리 세계적인 과학자이고 천재적인 능력에다 또 이미 과학계에 걸출한 성과도 냈다지만, 그러한 놀라운 프로젝트들의 개발을 비밀스럽게, 오로지 그 혼자의 힘으로 수행해 낸다는 것은, 그러한 분야에 문외한인 입장에서 볼 때도 도저히 가능하지 않아 보인다는 점에서다.

그 정도 스케일의 연구개발을 추진하기 위해서는 당연히,

직간접적으로 관여가 되는 방대한 규모의 인력과 조직이 필요할 것이다. 그런데 지금 최유한 박사는 그 어떤 지원 인력도 조직도 없이 오로지 그 혼자서 모든 일을 진행하고 있다는 것이 아닌가? 더욱이 그가 스스로의 존재를 세상에 드러낼 수 없는 처지에서, 외부와의 공동연구나 협업 같은 것도 결코 용이하지 않을 것인데 말이다.

"그러한 것들이 정말로 가능하긴 한 겁니까?"

이철진의 그 질문에 사뭇 부정적인 뉘앙스가 담기지 않을 수 없는 것은, 그런 까닭에서다.

UAI의 역할

"물론 가능합니다! 충분히!"

최유한 박사의 대답이 명쾌하다. 이어 그가 질문을 한 이철진에게 빙그레 웃어 보이며 덧붙인다.

"우선은, 아까 잠깐 언급을 했듯이 UAI가 이미 괄목할 만한 성과를 내고 있습니다! 그리하여 다른 프로젝트들의 개발 전반에 대해서 아주 핵심적이고도 포괄적인 역할을 담당해 내고 있지요!"

그리고 느긋하게 진초희와 김강한에게로도 시선을 나눠주는 최유한 박사의 모습은, 마치 강단에 선 경륜 깊은 교수 같다.

"즉, 이런 방식입니다! 먼저 제가 개발에 관한 큰 그림을 그리고 나서, 그것을 UAI에 입력을 시킵니다! 그럼 그다음부터의 전반적이고도 세부적인 개발의 진행은 UAI의 주관하에 이루어지게 되는 것이지요! 즉, UAI가 자신에게 입력된 큰 그림을 단계별로, 또 단위별로 세분화해서 글로벌 베이스의 거대하고도 광범위한 브레인&서플라이체인망을 통해 배분하고 체계적으로 관리를 해나가는 겁니다!"

이 대목에서 최유한 박사는 이철진 등의 이해도가 따라오기를 기다리는 듯이, 조금의 틈을 둔 다음에 다시 말을 이어간다.

"그럼으로써 각 세부 과정에 참여하는 다양한 주체들은 자신들이 맡은 부분 즉, 전체로 보아서는 아주 지엽적인 부분 외에는 알 수가 없습니다! 최종적으로 어떤 결과로 귀결이 되는지, 또 누가 주도하는지 등에 대해서는 전혀 짐작하지 못하는 채로, 오로지 자신이 맡은 부분만 수행을 하는 것이죠! 그리고 그 각각의 과정을 점검하고 통제하여 원하는 수준의 결과가 창출되면, 다시 그 결과들을 단계별로 집약시키고 조합하여 그다음의 상위 단계로 진행시키는 등의, 일련의 거대하고도 정밀한 개발 루틴을 총괄하는 것도 UAI의 역할입니다! 그러니까 결국, 제가 직접 해야 하는 일은 별로 없는 셈입니다!"

잠시 숨을 돌린 최유한 박사가, 다시 말을 이어간다.

"그러나 UAI가 주어진 역할에 대해 아무리 완벽하게 수행을 한다고 해도, 막상 각 단계별 진행에 필요한 막대한 자금의 뒷받침이 없다면, UAI도 결국에는 무용지물에 불과할 것입니다! 그러니 3대 개발 프로젝트들이 지금처럼 성공적으로 추진되고 있는 데는, 천문학적으로 소요되는 자금을 복잡한 절차 없이 제 책임하에 집행할 수 있도록 모든 권한을 일임해 주신, 재단의 전폭적인 신뢰와 지원의 덕분이 가장 크다고 하겠습니다!"

그 말에는, 지금껏 사뭇 진지한 표정으로 듣고 있던 이철진이 조금은 머쓱한 표정으로 되며,

"그거야 뭐, 재단의 덕이라기보다는……"

하고 말끝을 흐리더니, 슬쩍 김강한을 돌아본다. 그러나 김강한이 짐짓 모른 척 시선을 피해 버리는 틈에, 최유한 박사가 다시,

"재단에서 저를 전적으로 믿고 지원해 주지 않았다면, 지금의 이런 결과는 꿈조차 꾸지 못할뿐더러, 저는 그러한 프로젝트들을 시작해 볼 엄두조차 내지 못했을 것입니다!"

하고 한 번 더 강조를 한다. 그리고 그가 빙그레 웃으며 다

시 말을 이어가는 중에,

"특히나 김강한……"

하는 대목에서 문득 말문이라도 막히는 것처럼 멈칫거린다. 김강한이 그 사정을 대강 짐작할 만하기에,

"뭐라고 부르던 그게 무슨 상관이겠습니까? 그냥 박사님 편하신 대로 부르세요!"

하고 슬쩍 말을 끼운다. 그러자 최유한 박사가 조금은 어색한 빛으로 말을 고친다.

"조 대표님께는… 저의 온 마음과 정성을 담아 최고의 감사를 드립니다!"

그때다. 이철진이,

"쩝!"

하고 과장되게 입맛 다시는 소리를 내더니, 이어 툴툴거리는 투로 뱉는다.

"결국은 또, 조 대표 덕이라는 말씀이네? 허허, 이거 참! 그럼 그렇다고 처음부터 분명하게 하셨어야지? 그걸 재단 덕이라고 슬쩍 돌려놓으면, 나같이 순진한 사람이야 그 속도 모르고 괜한 생색을 내기 십상인데, 그 얼마나 민망한 노릇이겠소?"

진심 반, 농담 반일까?

그의 몫

사실 최유한 박사가 개발에 쏟아붓는 막대한 자금은 재단과는 무관하다. 최유한 박사와 김강한이 울릉도 앞바다의 심해에 가라앉은 보물선에서 엄청난 양의 보물을 건져 올렸다는 것은 기지의 사실이다.

그러나 그 비밀스러운 재화를 재단의 기금으로 편입할 명분이 없는 터에, 섣불리 편법을 동원했다가는 당장에 여러 가지 실무적인 문제들에 봉착하게 될 것이 자명하다. 그리하여 그 엄청난 가치의 보물들은 재단과는 전혀 무관한 차원에서 비밀리에 관리되고 있다.

다만 그중에는 최유한 박사의 몫이 있다. 즉, 인양된 보물에 대해서 그 유효 확보 가치의 10%, 즉 제반의 비용과 감손을 반영한 후에 실질적으로 확보되는 가치의 10%는 자신이 가지도록 해달라는, 그가 처음부터 요구했던 바에 근거해서다. 대충의 계산을 해보자면, 보물의 전체적인 가치가 150조 원쯤으로 추정이 되니, 이런저런 감손 요인을 반영한다고 해도 최유한 박사의 몫은, 적어도 10조 원 이상이 되는 셈이다.

그 몫에 대해서는 김강한이 이철진을 통해 미리 언질을 해둔 바 있다. 일절 터치하지 말라고!

그리하여 최유한 박사는 자신의 몫에 대해 재량대로 쓸 수 있게 되었다.

다만 그렇더라도 그는 어느 정도 규모의 자금이 집행될 때마다, 그 내역에 대해서 재단 이사회에 보고를 취해왔다.

물론 재단의 기록에는 남지 않는 비공식의 형태이고, 이철진과 진초희 또한 그러한 보고에 대해 자신들이 결재할 까닭이 없다고 여긴다. 그럼에도 그들이 최유한 박사의 그러한 보고에 대해 하라 말라는 토조차 달지 않은 것은, 그것이 자신들에게 하는 보고가 아니라 나중에 김강한에게 보이기 위한 것임을 능히 짐작하는 까닭이다. 물론 나중에 김강한이 그 보고들을 볼지 안 볼지 하는 것이야, 또 다른 문제라고 해야겠지만!

그가 그나마 접근해 볼 수 있는 관점

최유한 박사의 프로젝트들에 대해 김강한이 이철진이나 진초희처럼 경악을 할 것까지는 아니다. 다만 그로서도 궁금하긴 하다.

이철진이 이미 질문했던 바이지만, 그러한 것들이 실제로 가능한지에 대해서다.

물론 최유한 박사가 나름 상세하게 설명을 풀어내긴 했다. 최유한 박사의 얘기인즉슨 요약컨대, UAI인가 뭔가 하는 것의 대단한 역할에다, 필요한 자금도 두둑하게 있으니, 사뭇 자신 있게 가능하다는 것이다.

그러나 그런 설명에 대해 이철진은 어느 정도 의문이 해소되었는지 모르겠으나, 김강한으로서는 전혀 아니다. 솔직히 무슨 말인지 잘 알아듣지도 못하겠거니와, 그저 꿈같은 소리에다 무슨 공상과학영화에서나 다루어질 법한 얘기들이라는 정도의 생각일 뿐이다.

하긴 그러한 것들이 실제로 가능한지에 대해서, 그가 그것을 논리적으로 이해하고 파악하여 가능 혹은 불가능의 판단을 내리는 것은, 처음부터 가능하지 않다고 해야 할 문제일 것이다.

그런 쪽으로는 턱없이 부족하다고 인정하지 않을 수 없는 그의 능력으로는 말이다.

그가 그나마 접근해 볼 수 있는 관점은, 그냥 사람 자체에 대해서다.

즉, 그가 최유한 박사를 얼마나 믿을 수 있느냐 하는 관점으로 접근하는 것이다. 그리고 그런 측면에서라면, 답은 이미 정해져 있다.

그가 경험해 본 바의 최유한 박사는, 죽음이 임박한 마지막 순간까지도 자신의 신념에 대한 진심과 열의를 놓지 않았던, 아주 특별한 유형의 사람이며 이종(異種)의 사람이다.

그리하여 그는 믿는다.

최유한 박사를 믿고, 최유한 박사가 가능하다고 하는 것에
대해서도 믿는다. 비록 이해하지 못할지라도!

제3장

—

맹목적으로 된다는 것

왜 그렇게까지 하려는 겁니까?

　김강한이 가지는 궁금함은 또 있다. 그리고 그것은 최유한 박사 본인에게 직접 대답을 들어봐야만 하는 것이다.

　"그런데… 그런 일들을, 그런 개발들을, 왜 그렇게까지 하려는 겁니까?"

　김강한의 그 질문에 대해서는 질문을 받은 최유한 박사에게서도, 또 이철진과 진초회에게서도 설핏 묘한 긴장감이 서린다. 김강한이 담담한 투로 부연한다.

"제가 생각하기에 재단에서 필요로 하는 부분은 이미 충족이 되고도 남는 것 같은데, 그럼에도 최 박사께서 계속 개발을 추진하고 있는 그처럼 대단한 프로젝트들은 과연 무엇을 위해서입니까?"

최유한 박사가 천천히 김강한과 시선을 마주친다. 그런 그의 눈빛에 한 가닥의 열기가 은은히 감돌고 있다.

"조 대표께서는 이미 그 질문에 대한 저의 대답을 알고 계실 것이라고 생각합니다만……!"

최유한 박사가 애써 차분한 투인데 대해, 김강한이 덤덤하니 짧게 반문한다.

"제가요?"

"예! 대표님께는 이미 제 속을 완전히 까뒤집어서 보여 드린 적이 있으니까요."

그런 데는 김강한이 언제 그런 적이 있느냐고 면전에다 대고 반박을 할 수도 없는 노릇이라 사뭇 곤란하다. 최유한 박사가 희미하게 미소를 떠올리더니 이내 지우며 덧붙인다.

"하긴, 그때와는 조금 달라진 게 있긴 하군요. 좋습니다. 그 달라진 부분을 말씀드리고, 또 이번 기회에 다른 두 분 이사님들께도 제가 어떤 생각과 가치관을 가지고 있는지 알려 드릴 겸 해서, 다시 한번 제 속을 까뒤집어서 보여 드리겠습니다."

그들로서도 들어둘 필요가 있겠다

"왜 그렇게까지 하려는 것이냐고요? 과연 무엇을 위해서이냐고요?"

최유한 박사의 얼굴이 상기되어 있다.

"우선 솔직히는 제가 하고 싶어서입니다. 과학자로서 일생 꿈꿔왔고 소망해 왔던 일들이니까요."

"그리고 그다음은요?"

김강한이 담담하게 받고는, 조금쯤 가라앉은 투로 덧붙인다.

"박사께서 목표했던 바대로의 결과가 나오고 나면요? 그다음은요? 그때도 그냥 하고 싶어서 한번 해본 걸로, 그저 자기만족을 하는 걸로 끝낼 겁니까? 그처럼 엄청난 노력과 자금을 투입해서 만들어낸, 그런 놀라운 결과들을요? 만약 그렇지 않다면……? 과연 그것들을 어디에, 어떻게, 무엇을 위해서 쓸 겁니까?"

최유한 박사의 시선이 김강한에게로 꼿꼿하게 고정된다.

"그때 벼랑 끝에서 대표님과 주고받았던 말들을 저는 지금도 생생하게 기억하고 있습니다. 그 한마디 한마디가 저의 머리에, 제 영혼에 각인되어 있습니다. 그리하여 그것은 죽을 때까지 지켜야만 하는 저의 맹세입니다."

노려보듯 응시하는 그 시선의 열기 때문에라도 김강한이 그냥 듣고 있을 수밖에 없는데, 최유한 박사의 말이 차분하게 이어진다.

"그때 대표님께서는 제게 이렇게 물었습니다. '내가 박사님을 살려주겠다고 한다면, 과연 그 말을 믿을 수 있겠습니까?' 라고요. 저는 반드시 죽을 수밖에 없는 처지에서, 이렇게 대답했습니다. '내게 다른 선택의 여지가 없지 않습니까? 설령 당신의 말이 거짓일지라도, 나는 그것이 거짓인 줄도 모르고 죽겠지요. 그러니 나는 당신이 내게 마지막 희망을 주는 것만으로도 감사하고, 무조건 당신을 믿겠습니다'라고요! 그러자 대표님께서는 '좋습니다. 그럼 이제 몇 가지 얘기를 하도록 하죠. 먼저, 박사님과는 달리 난 무슨 신념이랄 것도 없고, 국가와 민족 같은 것에도 별로 관심이 없습니다. 내가 관심을 가진다면, 그것은 박사님을 살려줌으로써 내가 어떤 이익을 볼수 있는지에 대해서일 겁니다' 하고 말씀하셨지요."

김강한이 어깨를 으쓱하고 만다. 생생히 기억하고 있다더니 최유한 박사는 녹음기라도 틀 듯이 그때의 대화를 모조리 다 재생시켜 놓을 태세다. 그러나,

'나도 다 기억하고 있으니, 그만하라!'

고 말리기에는 지금 최유한 박사의 기색이 너무도 열띠고 또 지나치리만치 진지하다. 그러니 조금쯤이라도 더 들어주는

수밖에!

하긴 최유한 박사의 말처럼, 이번 참에 이철진과 진초희로서도 들어둘 필요가 있겠다 싶기도 하다. 그래야 그가 왜 최유한 박사에게 그처럼 큰 신뢰와 또 그처럼 막대한 권한을 일임해 주었는지에 대해서, 그들이 지금까지 취해왔을 방관적 수용이 아니라 비로소 이해의 폭을 한층 넓히는 계기가 될 수도 있을 것이다.

아무런 전제 없이 오직 당신을 위해서!

최유한 박사의 말이 계속되고 있다.

"그래서 제가 또 이렇게 물었습니다. '당신은 내게서 어떤 이익을 보기를 바랍니까?'라고요. 대표님께서는 '박사님은 내게 어떤 이익을 줄 수 있습니까?' 하고 반문하셨고, 제가 '지금 이 순간, 내가 무엇을 가리고 아끼겠소? 정말로 당신 덕에 내가 살 수 있다면, 나의 모든 능력을 당신이 원하는 일에 우선으로 쓰겠소. 단, 그 일은 조국의 발전에 해가 되거나, 세상의 평화에 반하는 일이 아니어야 합니다' 하고 대답했습니다. 그러자 대표님께서는 제게 절벽에서 뛰어내리라고 하셨고, 전 이윽고 까마득한 절벽 아래로 몸을 던졌고, 그리고 대표님의 마술… 로 살아남았고, 지금 여기에 있게 된 거지요."

벅차오르는 격동을 진정시키려는 것일까? 최유한 박사가 잠시 말을 멈추었다가 다시 이어간다.

"그런데 제가 그때와는 조금 달라진 게 있다고 했는데, 그건 그때의 제 말 중에서 '조국의 발전에 해가 되거나, 세상의 평화에 반하는 일이 아니어야 한다'고 했던 시답잖은 전제(前提)를 철회했다는 뜻입니다. 즉, 조국의 발전이니 세상의 평화니 하는 다분히 비현실적인 명제에 더는 구속되지 않겠다는 것입니다. 조국에 대해서는 특히나 그렇습니다. 저를 버린 조국이라서가 아니라, 기왕의 제 연구 결과 중 핵심도 아닌 단지 하위개념의 파생적 결과물조차도 제대로 포용하지 못했던 조국인데, 그것보다 백 배 천 배 더 엄청난 결과들에 대해서라면 오히려 재앙이 될 수도 있는 일이니까요."

분위기가 잔뜩 무거워진 가운데, 최유한 박사가 이마에 깊숙하게 가로 주름을 한번 잡고 나서 화두를 돌린다.

"그럼 이제 다시 원래의 질문으로 돌아가도록 하죠. 먼저 '왜 그렇게까지 하려는 것이냐?'는 질문에 대해서는, '제가 하고 싶어서! 과학자로서 일생 꿈꿔왔고 소망해 왔던 일들이어서!'라고 다시 한번 답하겠습니다. 다음으로 '목표했던 바대로의 결과가 나오고 나면, 과연 그것들을 무엇을 위해서 쓸 것인가?'라는 질문에 대해서는……."

그 대목에서 최유한 박사는 잠시 말끝을 흐리더니. 문득 다시금의 열기를 떠올리며 말을 보탠다.

"저의 모든 능력을 대표님이 원하는 일에 우선으로 쓰겠다고 한 기왕의 답에 더해, '아무런 전제 없이 오직 당신을 위해서!'라는 답을 추가하겠습니다."

스스로에 대한 정직하고도 분명한 정의

"오직 저를 위해서요? 그게 무슨 뜻입니까?"

최유한 박사의 그 어색하고도 사뭇 이상하게까지 들리는 뜻밖의 수사(修辭)에 대해서는, 김강한이 움찔 놀라다시피 하며 차라리 해명을 요구한다.

"말 그대롭니다. 제가 지금까지 이룬, 또 앞으로 이룰 모든 것들을, 어떤 전제 조건이나 고려도 없이 오로지 대표님을 위해서만, 대표님의 뜻대로만 쓰겠다는 겁니다."

이쯤 되면 김강한으로서는 크게 당황스럽지 않을 수 없는 노릇이다.

"아니, 그러니까 왜……? 제가 박사님께 무엇이라고, 그렇게까지 하겠다는 거냔 말입니다? 허허… 참!"

김강한이 말끝에 어울리지 않는 실소까지 흘리고 마는데, 최유한 박사는 여전히 진지하기만 하다.

"그때, 제 모든 걸 포기하고 마지막으로 찾아온 조국에까지 외면당하고 절벽에서 추락했을 때! 저 최유한은 그때 이미 죽은 사람입니다. 지금의 저는 대표님으로 인해 다시 태어난 겁니다. 나아가 대표님은 제가 일생에 걸쳐 소원해 온 일들을 마음껏 할 수 있도록 지지하고 지원해 주었습니다. 그럼으로써 제게 '조국을 위해서!' 대신 '당신을 위해서!'라는 명제는 당연히 성립되는 것입니다."

김강한이 실소의 여운을 거두며 정색으로 받는다.

"험난한 상황들을 겪었으니 박사님이 그런 심정으로 될 수 있다는 건 이해합니다. 그러나 전 아닙니다. 솔직히 말하자면, 전 박사님의 연구나 개발에 대해 제대로 이해조차 못 하고 있습니다. 마찬가지로 그 연구개발의 결과물들이 어떤 가치를 가지는지, 또 어떻게 써야 할지 등에 대해서도 알지 못할뿐더러, 어떤 개념조차도 가지고 있지 않습니다. 그런데 그것들을 오로지 저를 위해서만, 저의 뜻대로만 쓰겠다는 것은 처음부터 말이 되지 않습니다. 더욱이 박사님의 모든 것을 다 바쳐 이뤄낸 결과물들이라면, 그 가치를 제대로 인정받기 위해서도 그래서는 안 되는 일일 겁니다."

그러나 차분하게 듣고 난 최유한 박사는, 진지한 기색인 채로 가만히 고개를 가로젓는다.

"최근에 와서야 저는 제 스스로에 대한 정직하고도 분명한 정의를 내릴 수 있게 되었습니다. 돌이켜 보건대 제게 가장 중요한 가치는 연구 그 자체였습니다. 하고 싶은 연구를 맘껏 하는 것! 그것 자체야말로 제 필생의 가치이자 목표였습니다. 그 가치와 목표를 대표님께서 이루어주신 겁니다. 그래서 그 결과를 드리겠다는 겁니다. 제가 만들어낸 결과에 대해 대표님께서 어떻게 쓰시건, 설령 그대로 폐기가 된다고 해도 저는 조금도 개의치 않을 것입니다. 다만 제가 만든 결과를 대표님께 드린다는 것! 그것만으로 저는 충분히 만족할 수 있으니까요."

이쯤 되면 막무가내다. 무작정의 강고한 의지다.

"음……!"

김강한이 이윽고는 무거운 탄식을 뱉고 만다.

한 인간이 다른 인간에 대해 맹목적으로 된다는 것은

김강한이 최유한 박사에 대해서는 천재 과학자이기 이전에 한 인간으로서 신뢰를 가지고, 또 나름의 성의를 표시해 온 것은 맞다.

그러나 최유한 박사가 그에 대해 이렇게까지 생각을 하고 있으리라고는 미처 상상조차 해보지 못했던 일이다.

더욱이 그 무작정의 강고한 의지는 맹목적이라고까지 느껴진다. 무겁고 부담스럽다.

한 인간이 다른 인간에 대해 맹목적으로 된다는 것은, 그것의 옳고 그름을 따지기 이전에 결코 정상적이지 않다고 해야 할 것이다.

어떤 인간이든 그가 결국은 하나의 인간일 뿐인 바에는, 결코 다른 인간으로 하여금 맹목적으로 되게 할 만큼 완벽하거나 완전할 수는 없겠기에!

이런 걸 농담이라고 했다면

최유한 박사가 문득 빙그레한 미소를 떠올린다. 그런 그에게서는 지금까지의 지나치게 진지하고, 무겁고, 엄숙하고, 혹은 낯설고 이상하게까지 보이던 모습과는 또 다른, 새로운 모습이 보인다. 마치 순수한 소년과 같은!

"당신 이름이 뭐요?"

최유한 박사가 불쑥 뱉는 그 물음에, 질문을 받은 김강한은 물론이고 다른 두 사람까지 뜬금없다는 기색으로 되고 만다. 그들이 멀거니 최유한 박사를 바라보고만 있는데, 그가 여전히 웃음을 띤 채로 덧붙인다.

"그때 제가 그렇게 물었었지요. 그러자 대표님은 '조태강!'이라고 대답했다가, 다시 '아니, 김강한!' 하고 고쳐서 대답을 했지요."

김강한이 가볍게 고개를 갸웃해 본다.

'내가 그랬었나?'

하는 정도로 기억이 흐릿해서다. 최유한 박사가 다시 말을 이어간다.

"그 후로 가끔씩은 은근히 고민이 되기도 하더군요. 다음에 대표님을 만나면 뭐라고 불러야 하나? 후훗! 좀 전에도 그런 고민이 있었는데, 대표님께서 아주 싱거우리만치 간단하게 정의를 해주시더군요. 뭐라고 부르던 그게 무슨 상관이겠냐고. 생각해 보니 과연 그렇더군요. 조태강이든, 김강한이든, 대표님이든! 뭐라고 불러도 그 본질이 당신이라는 사람이면 되는 것인데, 그런 것을 가지고 고민을 할 이유가 조금도 없었는데, 저 혼자서 그야말로 쓸데없는 고민을 했던 거지요!"

김강한이 참지 못하고 가볍게 실소하고 만다. 참 실없고도 싱겁기 짝이 없는 소리다. 이런 걸 농담이라고 했다면, 그야말로 책상물림답다고 아예 제쳐놓을 수밖에 없는 것이리라!

        그 비밀의 이름을 공유하고 있다는 것만으로도

최유한 박사의 그 실없고도 싱거운 농담은, 이철진과 진초희에게 문득의 공감을 불러일으키는 데가 있다.

김강한이란 이름에는 어떤 최후의 보루 같은 느낌이 있다.

그것을 본래의 이름으로 가지는 사람을 지키는, 마치 어떤 중대한 비밀과도 같은 느낌!

그리고 그 비밀의 이름에 대해 어느 정도의 깊이 이상으로 아는 것은 지금 이 자리에 있는 사람들뿐이라고 하겠다.

단지 그것만으로도, 그 비밀의 이름을 공유하고 있다는 것만으로도 그들 두 사람은, 아니, 이제 최유한 박사까지를 포함하는 그들 세 사람은, 새삼스럽거나 혹은 여태껏 가져보지 못했던 차원의 유대감을 새로이 공유하는 느낌으로 되는 데가 있다.

그냥 고맙다 하고 받으면 될 것을

"대표님께 드리려고 준비한 선물이 하나 있습니다."

최유한 박사의 그 말에는 김강한이 새삼스러운 기대를 가져보게 된다. 최유한 박사가 그에게 꼭 전해줄 선물이 있다는 얘기를 이철진으로부터 이미 들은 바 있고, 그것이 아마도 평범한 물건은 아닐 것이라는 괜한 기대도 미리 해본 바 있는 것이다.

그러나 막상 최유한 박사가 자신의 재킷 안주머니에서 꺼내 그에게 내미는 물건을 본 순간, 김강한은 내심 실망을 금치 못한다.

그냥 손목시계의 형태다. 얼핏 보기에 진초희가 차고 있던 것과 별반 다르지 않다. 중급 수준의 인공지능이 심어져 있어서 주인이 위급한 상황에 처하게 되면 스스로 판단을 해서 긴급 작동을 한다는! 그래서 전기충격을 가하고, 위치추적 신호를 발생시키고. 그밖에도 여러 가지 기능들이 더 있다는! 그러나 무슨 최후의 보디가드라고 하기에는 아무래도 너무 거창하다 싶은, 그저 그런 흥미로운 정도의 그 물건 말이다.

"아니, 뭘 이런 걸 다⋯⋯!"

김강한이 일단 받아 들며 짐짓 뜻밖이라는 표시를 하다가는, 슬쩍 진초희의 손목을 가리키며 말을 보탠다.

"그런데 이거… 저거랑 같은 건가요?"

그러나 그렇게 뱉어놓고서 그는 곧바로 계면쩍다. 주는 사람의 성의를 생각해서 기대에 좀 못 미치더라도 그냥 고맙다 하고 받아두면 될 것을! 굳이 진초희의 것과 비교까지 해가면서 실망스럽다는 표시를 내고야 만 건, 너무 속 좁은 처사가 아닌가 말이다.

마스터키

"전혀 다른 아이템입니다."

최유한 박사가 빙그레 웃으며 가만히 고개를 가로젓는다.

그런 그에 대해 진초희가,

"어떻게 다른가요?"

하고 불쑥하니 관심을 보이고 나선다.

"음……!"

최유한 박사가 잠시 생각을 정리하는 기색 끝에 다시 말을 꺼낸다.

"간단히 말씀드리자면, 대표님께 드린 아이템은 UAI의 완전한 축소판이라고 할 수 있습니다. 이를테면 마스터키 같은 존재라고 할까요?"

그야말로 간단한 설명이라, 진초희는 전혀 만족스럽지가 않다는 기색이다. 그러나 그녀가 다시 묻지는 않는데, 그때 최유한 박사의 눈길이 이미 김강한에게로 돌아가 있는 때문이리라!

"UAI가 미완성인 만큼, 그 아이템의 성능 역시도 현재로서는 제한적입니다. 그러나 향후 UAI가 완성되고, 또 초소형 위성 체계가 성공적으로 배치되면, 그 아이템을 통해서 언제 어디서라도 그것들을 완전하게 통제하며 자유롭게 운용할 수 있게 됩니다. 그런 이후에는 완성된 UAI의 성능이 얼마나 거대하고도 막강할지에 대해서 개발자인 저로서도 예단하기 어려운 것과 마찬가지로, 그 아이템의 궁극적인 능력 또한 얼마나 무궁무진할지에 대해서 감히 예측이 불가하다고 하겠습니다."

최유한 박사의 설명은 그게 전부다. 더 이상은 덧붙일 게 없다는 듯이 다시금 빙그레한 웃음기를 떠올려 놓고 있는 그에게서는 은은한 자부심마저 비치는 듯하다.

얘가 저를 지배하려고 드는 것 아닙니까?

UAI의 마스터키 같은 존재라는 그것에 대한 최유한 박사의 설명은 김강한으로서야 그저 생소하기만 하다. UAI에 대해서부터 그 이해도가 빈약한 형편에 말이다. 그리하여 '주는 사람의 성의를 생각해서, 기대에 좀 못 미치더라도 그냥 고맙다 하고 받아두자' 하는 마음까지도 새삼 퇴색이 되는 데가 있다. 그가 생각나는 대로의―혹은 진즉부터 머릿속에 담아두고는 있었으되, 굳이 할 필요는 없었던― 괜한 말까지를 슬쩍 꺼내보는 건, 그런 까닭에서라고 하겠다.

"그런데… UAI인가 하는 것도 그렇고, 얘도 그렇고… 전 사실 이런 거 별로 안 좋아합니다. 영화에서도 보면 그런 게 나오지 않습니까? 인공지능 같은 게 너무 발전하면, 나중에는 결국 기계가 인간을 지배하게 된다는 식의 스토리 말입니다. 그러니까 제 생각에는… 기계는 그냥 기계다워야 하는 것이지, 인공지능이니 뭐니 해가지고 인간처럼 스스로 학습을 하

고 생각과 판단을 하고… 막 그렇게 나가는 건… 하여간 좀
곤란하지 않나 하는 생각입니다."

그러나 최유한 박사가 담담한 표정으로 듣고만 있는 데 대
해서, 김강한이 짐짓 어깨를 움츠리는 시늉으로 덧붙인다.

"그런 점에서는 얘도 은근히 겁이 나는데요? 아까 말씀 중
에 얘가 나중에 얼마나 무궁무진한 능력을 가질지 개발자인
박사님조차도 감히 예측이 불가하다고 하셨는데, 정말로 그렇
게 되면 얘가 저를 지배하려고 드는 것 아닙니까?"

퍼스트 룰

최유한 박사가 가볍게 이맛살을 찡긋하고는 이윽고 말을 꺼
낸다.

"일리 있는 말씀입니다. 사실은 인공지능의 그런 부정적인
측면과 위험에 대해서는 세계의 여러 석학들이 진작부터 엄중
한 경계와 경각심을 가지고 있기도 합니다. 그러나 UAI와 그
것의 마스터키인 그 아이템에서는 그런 부정적인 측면과 위험
이 결코 존재하지 않는다고 확실하게 단언할 수 있습니다."

최유한 박사의 표정이 어느 틈에 진지해져 있다. 그의 말이
이어진다.

"퍼스트 룰이라는 게 있습니다. 즉, 어떤 것의 탄생 순간에

최초로 인식이 되어서, 그것이 소멸될 때까지 그 어떤 경우에도 그 어떤 수단으로도 결코 훼손시킬 수 없는 절대 불변의 룰을 뜻합니다. UAI에도 퍼스트 룰이 있습니다. 마스터키! 바로 제가 드린 그 아이템의 명령에 무조건적으로 절대복종하는 것입니다."

그 대목에서 최유한 박사가 문득 말을 멈춘다. 그리고 은은한 열기가 감도는 눈빛을 김강한에게 맞추고는, 한층 힘이 느껴지는 투로 말을 덧붙인다.

"그리고 그 아이템에도 퍼스트 룰은 있습니다. 바로 자신의 주인이 되는 존재 즉, 대표님의 명령에 절대복종하는 것입니다. 역시 무조건적으로!"

뭔가 정상적이지가 않다

김강한이 다시금 당황스럽다. 퍼스트 룰이니 뭐니 하는 건, 역시나 잘 모르겠다. 그러나 어쨌든 UAI와 같은 거창하고도 엄청난 것이―물론 최유한 박사의 말대로 다 이루어진다고 했을 경우에 그렇다는 것이지만―, 결국은 다 그의 절대적인 지배와 장악하에 있게 된다는 의미가 아닌가?

그런데 그건 그가 아까 농담처럼 '얘가 저를 지배하려고 드는 것 아닙니까?'라고 말하기도 했지만, 지금 최유한 박사가

'그런 경우는 결코 존재하지 않는다고 확실하게 단언한다!'고 하고, 더하여 그것이 그에게 절대적이고도 무조건적으로 복종한다고 함에도, 오히려 부담스럽기가 더하다.

'이건 좀… 뭔가 정상적이지가 않다!'

그런 모호하지만 뭔가 점점 심각해지는, 그런 생각으로 된다고 할까?

새삼 되새겨지건대, 완성된 UAI의 성능이 얼마나 거대하고도 막강할지와 그럼으로써 이 선물이라는 물건의 능력이 또한 얼마나 무궁무진할지에 대해서는 최유한 박사로서도 감히 예단과 예측이 불가하다고 했다. 그런데 그것들에 대해 문외한이나 마찬가지인 그에게 그런 절대의 권한을 부여하다니? 그런 감당 불가의 짐을 지우다니? 그게 과연 가당키나 한 노릇인가 말이다.

무례가 될 터

"뭐, 다 좋습니다… 그렇지만 얘가 아무리 대단하고 아무리 완벽하면 뭘 하겠습니까? 전 컴맹을 간신히 면한 수준인데요? 스마트폰도 제대로 못 다루는 처지에, 얘처럼 엄청난 물건을 제가 어떻게 다루겠습니까? 그냥 장식품으로 손목시계처럼 차고 다닐 수밖에 없는 노릇인데, 그거야말로 돼지 목에 진주

목걸이를 거는 꼴이겠죠! 그러니까… 저한테는 어울리지도 않
고… 얘 또한 제대로 빛을 보지 못할 테니……."

김강한의 말이 이윽고는 중언부언으로 빠져들고 만다.

"그런 거라면 전혀 걱정을 하지 않으셔도 됩니다. 그 아이템
을 다루는 건 스마트폰이나 컴퓨터를 쓰는 것과는 완전히 다
른 차원입니다. 복잡하거나 어려운 조작을 할 필요가 전혀 없
다는 겁니다. 그냥 사람을 대하듯이 대화로만 하셔도 충분합
니다. 그리고 그 자세한 성능과 활용도에 대해서 당장에 파악
하고 익숙해질 필요도 없습니다. 그냥 가지고 계시면서, 자연
스럽게 일상생활을 하시면 됩니다. 나머지는 그 아이템이 알
아서 스스로 학습하고 진화되어 나갈 겁니다. 그저 다양한 쓸
모가 있는 개인 비서를 하나 두었다고 생각하셔도 좋습니다."

최유한 박사는 이제 차라리 명쾌하기까지 하다. 더욱이 그
가 지금껏 일관되게 보이고 있는, 맹목적이라고까지 느껴지는
무작정의 강고한 의지에 대해서는, 김강한이 다시금 토를 달
고 이의를 제기해 봤자 괜히 힘만 빠지지 달라질 것은 조금도
없을 듯하다.

또한 어쨌든 지극한 성의로 선물을 주겠다는 것이 아닌가?
그런 데 대해서 그가 계속 미적지근한 태도를 보이는 것도 크
게 무례가 될 터이다.

"선물로 주시니 감사히 받기는 하겠습니다만, 이거 참……"

김강한이 뒤늦은 감사를 표하면서도 여전히 조금의 뒤끝을 남겨둔다. 그리고 그런 때문에라도 그것을 당장에 넙죽하니 손목에 차기는 또 그래서, 일단 재킷 주머니에 넣어두기로 한다. 그런데 그때다.

"잠깐만, 대표님!"

최유한 박사가 선뜻 그를 제지하더니, 문득 진지한 기색으로 되며 말을 보탠다.

"아까 퍼스트 룰에 대해 말씀드렸는데, 이제 그 아이템에다 그것을 인식시키기 위해 거쳐야 하는 과정이 좀 있습니다."

김강한이 설핏 번거롭고 성가시다는 생각이 드는 것이지만, 그렇다고 이제 와서 못 하겠다고 할 수도 없는 노릇이다.

"왼손을 줘보시겠습니까?"

최유한 박사의 그 말은 다시금 김강한의 심정을 슬쩍 건드리는 데가 있다. 그것을 찰 손목까지 자기 마음대로 정하겠다는 것이 아닌가? 그가 오른손잡이인지 왼손잡이인지 물어보지도 않고 말이다. 그러나 어쩌랴? 또한 이제 와서야! 하라는 대로 따를 수밖에!

최유한 박사가 김강한의 왼 손목에다 예의 그 아이템을 채

워준다. 그리고 그것이 손목에 닿는 순간 느껴지는 금속성의 이물감에 김강한은 문득 약간의 긴장감까지를 가져본다. 그러나 막상 별다른 것은 없다. '그것의 탄생 순간에 최초로 인식이 되어 그것이 소멸될 때까지 그 어떤 경우에도 그 어떤 수단으로도 결코 훼손시킬 수 없는 절대 불변의 룰'이라던, 거창한 무엇이 인식되는 과정이라고 여길 만한 특별한 느낌이나 징조 따위는 말이다. 그런 터에,

"대표님의 살갗 표피를 이용한 유전자분석과, 체온과 맥박 패턴 등에 대한 분석이 완료되었습니다."

하는 최유한 박사의 말은 무언지 허황되게까지 들린다.

능이

"마지막으로 대표님의 음성분석을 할 겸, 아이템의 이름을 명명해 주시죠?"

그 요구에는 김강한이 또,

"이름이요?"

하고 짐짓 당혹스러운 체의 괜한 반문을 해본다. 그러나 다른 건 몰라도 '이름 짓기'라면 그가 제법 자신 있어 하는 일이자 은근히 즐기는 취미이기도 하다.

"인공지능이라니까, 음……! 능이라고 하죠! 가능하다의

능(能) 자를 따서 능이!"

그건 좀 마음에 드네!

"이제 다 됐습니다. 지금 이 순간부터 이 아이템, 능이는 완전하게 대표님의 것입니다. 그리하여 오로지 대표님의 명령에만 절대복종합니다."

최유한 박사의 그 말에 강조와 선언의 뉘앙스가 담긴 데 대해서는 김강한이 괜스레 한 번 더 확인을 해보고 싶은 욕구를 느낀다.

"그럼 이제부터는 박사님도 얘를 다루지 못한다는 겁니까?"

"그렇습니다. 이제부터는 대표님을 제외한 그 누구도, 그 어떤 방법으로도 능이를 다루거나 쓸 수 없습니다. 절대로!"

최유한 박사의 대답이 사뭇 단호하기까지 한 데 대해서는 김강한이 혼잣말인 듯이,

"그건 좀 마음에 드네!"

하고 슬며시 만족을 표시한다. 역시나 괜스러운 만족감일 것이다.

쓸모

문득 생각나는 게 있기에, 김강한이 슬쩍 묻는다.

"아까 다양한 쓸모가 있는 개인 비서를 하나 두었다고 생각해도 좋겠다고 하셨는데, 그럼 혹시… 그런 것도 가능할까요?"

"어떤 것… 말씀입니까?"

"그걸 뭐라고 하죠? 음……! 아, 동시통역!"

사실은 김강한이 지난번 중국에서 언어소통의 곤란을 겪었던 일이, 지금 능이의 쓸모와 연관해서 문득 떠오른 것이다. 최유한 박사가 여유로운 미소를 떠올린다.

"물론 가능합니다."

"중국어도 됩니까?"

"물론입니다. 소수민족 언어를 포함해서, 일정 규모 이상의 사람들에게 통용되는 지구상의 언어는 전부 다 된다고 봐도 좋습니다."

"흐음! 그래요? 그럼… 그거, 어떻게 하면 써볼 수 있는 겁니까?"

김강한의 적극적인 관심에 최유한 박사가 즉석에서 영어로 몇 마디를 말하고는, 김강한에게,

"이제 능이더러 통역을 지시해 보시죠."

"지시요? 어떻게 말입니까?"

"그냥 편하게 말씀하시면 됩니다. 그냥… '통역!'이라고 해보시죠!"

"통역!"

그러자 김강한의 귀에 무언가 말소리가 들린다. 물론 그것이 방금 최유한 박사가 영어로 말한 것을 통역하는 것인지는 그로서야 판별이 어렵다. 다만 흥미롭다고 할 만한 것은, 그 말소리가 최유한 박사의 목소리와 사뭇 비슷하게 들린다는 점이다. 그리고 김강한이 흥미롭다고 여길 만한 게 한 가지 더 있다.

"어? 이거 지금 저한테만 들리는 거 같은데……? 맞습니까?"

"맞습니다! 일종의 무선 인이어 기능 같은 것인데, 음파를 대표님의 귓속으로 모아주는 원리입니다."

"그래요? 그런데… 얘가 제 귀의 정확한 위치를 어떻게 알고요?"

"아까의 전신 스캔을 통해 대표님의 체형에 대한 학습이 이루어진 것이지요."

최유한 박사가 느긋하게 대답하고는, 다시 슬쩍 권한다.

"이번에는 대표님께서 말씀하시고, 통역되기를 원하는 언어를 지정해 보십시오."

김강한이 어색하나마 능이에게 지시를 해본다.

"이것 참 편리한 기능이군요? 대단합니다. 능이! 중국어로!"

그러자 바로 이어 중국어로 두 문장이 말해지는데, 이번에는 좌중 모두가 들을 수 있도록 외부로 음성이 출력되는 형태다.

그리고 역시 그 음성이 김강한 자신의 목소리와 아주 유사하고, 또 적당한 크기에 음질이 좋아서 마치 그가 직접 말을 하는 것 같다.

"대표님의 음성분석과 추가적인 학습을 통해서 빠른 시간 내에 전혀 구분해 낼 수 없을 만큼의 완벽한 대화체를 구현해 낼 겁니다."

최유한 박사의 말에서 숨기지 못할 뿌듯함이 느껴진다.

절대 잃어버리지 않을 방법

"그런데 이거 약은 얼마 만에 한 번씩 교환합니까?"

김강한의 그 물음에 대해서는 최유한 박사가 설핏 당황스러운 기색이다.

"약이라면……?"

"배터리 말입니다."

"아……! 능이에게 배터리 같은 건 필요 없습니다."

그 대답에는 김강한이 멀뚱할 수밖에 없는데, 최유한 박사가 차분한 투로 설명을 덧붙인다.

"능이에게는 초소형의 핵에너지 셀이 내장되어 있습니다."

"핵에너지 셀? 그게……? 어쨌든 그것도 결국에는 수명이 있을 것 아닙니까?"

"그렇기는 합니다. 그러나 셀 자체만으로 최소 수백 년의 수명이 보장되는 데다, 다시 공기와 빛으로 계속 충전이 되는 시스템이라서 영구적이라고 해도 무방합니다."

그런 데야 김강한이 더 이상 탈을 잡을 건더기는 없을 노릇이다. 더욱이 '보통 이하의 수준에 불과한 그의 과학적 상식'으로는 말이다. 다만 이 흥미롭고 또 UAI의 마스터키로서 중요한 가치를 가진다는 기묘한 물건에 대해 한 가지의 걱정이 불쑥 생긴다.

"그런데 만약에… 이거 잘못해서 손상이라도 되면 어떻게 합니까?"

괜한 걱정이리라! 최유한 박사가 담담히 웃으며 받는다.

"시계 줄은 몰라도 능이의 본체는 신개념의 초합금 물질로 되어 있습니다. 그런 만큼 설령 상당한 레벨의 외부 충격이나 극열 등의 극한 조건에 노출된다고 해도, 단시간 내에 기능상의 손상을 일으키지는 않을 겁니다."

김강한이 가볍게 고개를 갸웃해 보이고는 다시 묻는다.

"그래도 어쨌거나 손상이 되면요? 아니, 잃어버리면요? 그때는 또 어떻게 되는 겁니까?"

그것이 마치 어떻게든 까탈을 부려보려는 것으로 들렸던지 최유한 박사가 얼굴에 빙그레한 미소를 떠올리고는 대답을 잇는다.

"말씀대로 손상이 되거나, 혹은 분실을 하는 경우라고 해도 크게 문제가 될 건 없습니다. 능이의 본질은 하드웨어가 아닌 소프트웨어입니다. 즉, 손목시계 형태의 본체는 단지 대표님과의 원활한 소통을 위한 매개일 뿐이고, 능이의 본질은 무형의 인공지능입니다. 따라서 현재의 본체가 상실된다고 하더라도 그 본질은 모체인 UAI의 방대한 운영체계 중에 여전히 존재하게 되는 것이지요. 그리하여 언제든지, 자유로운 형태의 새로운 하드웨어로 다시 만들면 되는 것이고요. 다만 결코 만만치 않은 고가의 비용이 들어가는 만큼, 그런 경우가 발생되지 않도록 각별히 조심하시라는 당부를 드리겠습니다."

최유한 박사가 크게 심각하게 생각하지는 않는 기색이더라도 어쨌든 당부를 보탠 데 대해서는, 김강한이 문득 떠오르는 아이디어가 하나 있어서 슬쩍 말을 꺼내본다.

"손상에 대해서는 몰라도, 최소한 잃어버리지 않을 방법이 하나 있긴 하네요!"

그 말에는 최유한 박사가 궁금해지는 모양으로 관심을 보인다.

"어떤 방법입니까?"

김강한이 짐짓 빙긋이 웃는 얼굴로 슬쩍 던진다.

"마법이죠!"

"마법……?"

최유한 박사가 이채와 실망의 기색을 동시에 떠올린다. 그 중의 실망은, 김강한이 마법이라고 한 이상 영업비밀이니, 누 구한테도 말할 수 없는 비밀이니 하며 더 이상의 설명을 들려 주지 않을 것임을 지레짐작하는 때문이리라!

김강한의 마법은 물론 외단이다. 좀 더 정확하게는, 진초희 의 손목시계에 적용해 봤던 작은 캡슐의 형태다. 물론 그때처 럼 완벽한 밀폐 차단까지야 필요치 않는, 이를테면 능이 전용 의 캡슐! 그리하여 전용 캡슐로 보호되는 능이가 만약 그의 몸에서 분리되는 경우라도 확장된 외단의 기감 소통을 통해 능히 그 위치를 감지하고 회수할 수 있을 것이다.

제4장
—
불가능의 임무

긴급뉴스

　TV를 비롯한 모든 미디어 매체들이 긴급뉴스를 내보내고 있다. 중동의 아랍에미리트로 향하던 대한 항공 특별 전세기가 공중 납치된 후 시리아 영토 내의 사막지대에 비상착륙 했다는 소식이다.

　특별 전세기에는 한국과 아랍에미리트 양국 간 특수 현안과 통상 교역 확대 방안을 논의하기 위해 아랍에미리트를 방문하는 대통령 특사 자격의 대통령 비서실장을 비롯한 산업

부 장관과 고위급 공무원들, 그리고 주요 기업들의 최고경영진들이 타고 있으며, 승무원들까지 포함하면 탑승객의 수는 육십여 명에 이른다.

피랍 직후 인터넷에는 이슬람 극단주의 무장단체 IS의 대변인을 자처하는 알 아드다니의 녹음 성명이 올라왔다. 이번 납치가 자신들 IS의 소행임과, 인질 석방을 위한 조건으로 시리아와 이라크군에 잡혀 있는 IS의 지휘관급 포로 60여 명에 대한 즉시 석방을 요구하는 내용이다.

한국 정부는 즉각적으로 국가안보실 내에 범정부 차원의 비상 대책반을 꾸린다. 그리고 IS와 접촉을 시도하는 한편으로 미국 등 우방국들과 사태 해결을 위한 긴급한 협의에 들어갔다.

자타 공인

오상식은 현역 육군 중령이다. 대위에서부터 매번이다시피 두세 번의 진급 심사를 거치고 나서야 겨우겨우 진급을 해온 탓에, 그의 육사 동기들 중 중령 계급은 이미 드문 편이 되었다. 대부분은 대령을 달았고, 선두주자 중에서는 이미 별을 단 친구도 나왔다.

비록 진급에서는 많이 늦지만, 그러나 그가 강한 자부심을 가지는 부분이 있다. 바로 특수작전 분야에서 최고의 베테랑이라는 자부심이다. 그리고 그것은 자타 공인의 사실이기도 하다.

그는 이십 년 넘는 군 경력 동안 거의 예외 없이 특수작전 분야 쪽으로만 돌았다. 남들은 스펙 관리를 위한 경력 축적의 방편으로만 잠시 거쳐 간다는 특수작전 계통을, 그는 일부러 시종일관 지원해 왔다. 그쪽 분야가 적성에 맞고 마음이 편해서다.

영관급부터는 진급을 하려면 어느 정도 정치도 해야 한다고 하지만, 그런 건 그와는 도무지 맞지 않는다. 그는 필생의 업으로 군인을 선택했고, 그런 이상 그저 군인다운 임무를 맡는 게 좋았다. 그게 바로 특수작전 분야 쪽인 것이고! 또 어차피 독신이니, 진급이 늦다고 누가 뭐라고 할 것도 아니다. 그저 그가 좋아하는 일을 하면 되는 것이다.

인정할 수 있는 명령체계에 따른 명령

3공수 특전 여단 예하의 11대대장 보직에 있던 오상식 중령은 육군본부로 전출 명령을 받는다. 인사 명령에 관한 사전 면담은커녕 어떤 기미조차 없던 갑작스러운 일이다.

더욱이 이상한 것은, 아무리 갑작스럽더라도 당연히 있어야 할 행정절차가 없다는 점이다. 즉, 전출 명령서 등의 서류적인 절차가 당연히 따라야 하는 것인데, 그가 받은 것은 단지,

[귀관의 전출을 명한다. 금일 17시까지 발령지에 도착하여 전입 보고를 할 것!]

이라는 명령권자의 구두 명령뿐이다. 그것 외엔 어떤 부가 설명도 해줄 수 없으니, 궁금한 점은 전입지에 가서 물으라는 말과 함께!

의아하고 당황스러운 상황이지만, 그는 빠르게 수긍한다. 모든 것이 분명한 계통과 절차에 의해서 이루어져야 하는 군 조직에서 그러한 비공식은 곧 철저한 보안과 비밀을 의미하는 것일 터이다.

어쨌든 상관없다. 대한민국 군인으로서, 비록 절차가 생략 되기는 했지만 어쨌든 그가 인정할 수 있는 명령체계에 따라 명령을 받았으면 그 명령에 따르면 되는 것이다. 그리고 그에 게 직접 구두 명령을 내린 이가 대한민국 육군 특수전사령부 의 사령관이라는 점에서, 그 명령은 그가 충분히 인정할 수 있는 명령체계에 따른 명령임에 분명하다.

무명부대

무명부대! 오상식 중령이 육군본부에서 다시금 발령을 받

은 부대다.

그러나 무명부대는, 적어도 현재로서는 부대라고 할 수 없다. 공식적으로 군의 어떤 조직에도 편제가 되어 있지 않을뿐더러, 무명이라는 이름 그대로 이름조차도 없기 때문이다. 또한 현재로서는 부대의 실체도 없다. 현재까지의 부대원은 그 혼자뿐이다. 더욱이 그가 지금 머물고 있는 곳은 군 시설도 아니어서, 짐작컨대 아마도 정보기관의 안가쯤이 아닐까 싶다.

안가를 관리하는 사람들이 몇 명쯤 있어서 때맞춰 식사도 챙겨주고 일상생활을 위한 편의도 봐주는 까닭에, 당장 불편한 점은 없다. 다만 그가 접촉할 수 있는 사람은, 자신을 이곳의 관리 요원이라고 말하는 사람 하나뿐이다.

안가 관리 요원은 그에게 모든 질문이 금지되어 있음을 주지시키고, 일방적인 전달과 지극히 제한된 대화만을 건넨다. 그리하여 그로서는 이 무명부대가 무엇을 하기 위한 부대인지, 그 정체성과 임무 등에 대해 여전히 알지 못하는 답답한 상황이 지속되고 있다.

그러나 한편으로는 무명부대가 맡게 될 임무가 그만큼 민감하며 중대한 것이리라는 짐작에서, 그의 기대가 점점 부풀려지는 감도 있다.

무명부대의 부대원들이 합류했다. 모두 18명이다. 계급은 중사에서부터 상사까지, 나이는 이십 대 중반에서 삼십 대 중반까지이다.

부대원들은 서로에 대해 알지 못하는 눈치들이다. 오상식 중령 또한 아는 얼굴이 없다. 다만 그들 중에서는 오상식 중령에 대해서 들어본 바 있다는 눈치들도 있다.

굳이 물어보지 않아도, 그들 역시도 비슷하게 비공식적인 절차를 거쳐서 오게 되었을 것이다. 아니, 기밀 유지를 위해 훨씬 더 은밀하고도 복잡한 과정을 거쳤을 수도 있다. 또한 굳이 물어보지는 않았지만, 오상식 중령은 짐작해 본다. 그들 각자의 사정과 이력과 계급이 다르다고 해도 어쨌든 그와 비슷한 부류들일 것이라고! 즉, 특수작전 분야의 외골수들일 것이고, 부양해야 될 가족들이 없는 독신들일 것이라고!

어쨌거나 오상식 중령을 포함한 총 19명으로 무명부대는 성원이 되었다. 그러나 아직 임무가 주어지지 않았으니 더 기다려야 한다. 임무가 주어지기까지 그들은 아무것도 할 수 없다. 임무가 주어지는 순간에야 무명부대는 비로소 생명력을 가지게 될 것이다. 철저히 그 임무에 맞추어서!

그때까지는 서로 간섭하지 않는 것이 좋다. 계급에 상관없이 각자의 방식대로 최대한 편하게 먹고, 놀고, 쉬고, 즐기면 된다. 그런 측면에서 지금 이곳의 시설과 환경은 전혀 부족함이 없다.

매끼 정확한 시간에 나오는 식사는 최상급이다. 그리고 최신식의 오디오와 비디오 시설과 게임기까지가 빵빵하게 갖춰져 있다. 거기에다 최고급의 헬스장에다 야외 수영장까지 있으니, 이만하면 고급 휴양지가 부러울 것이 없다고 하겠다. 다만 외부와 철저히 차단되었다는 것만 빼고는!

뉴스 속보

TV에서 다시 긴급한 뉴스 속보를 내보내고 있다. IS의 대변인 알 아드다니의 목소리가 다시 인터넷에 등장했다는 소식이다.

─48시간 내에 우리가 요구한 조건들이 실행되지 않으면, 인질들에 대한 공개 참수에 들어갈 것이다!

IS의 그러한 위협에는, 감정을 드러내지 않는 데 익숙해져 있는 부대원들까지도 모두 분개하고 만다. 오상식 중령 또한 분노가 끓어오르는 것을 참기 어렵다.

언론들에서는 다양한 분석들을 내놓고 있다. 더불어 정부의 사태 해결에 대한 의지가 너무 소극적인 것 아닌가? 왜 빨리 대책을 세우지 않는가? 등등의 비판도 거세지고 있다.

그 나름의 냉철한 견해

오상식 중령은 중동 지역에서 파병 근무를 해본 경험이 있다. 그런 경험을 바탕으로 그는 현재의 인질 사태에 대한 나름의 냉철한 견해가 있다. 그것은 분노와는 별개의 문제다.

한국 정부로서는 시리아와 이라크를 포함한 중동 지역에 독자적인 외교 루트를 확보하고 있지 않다. 그런 만큼 지금 IS가 요구하고 있는 바의 시리아와 이라크군에 잡혀 있는 IS의 지휘관급 포로 60여 명에 대한 즉시 석방에 대해, 직접적으로 어떤 접근이나 시도를 해볼 방도는 사실상 없다고 하겠다.

다만 한국 정부가 현실적으로 취해볼 수 있는 유일한 방법이라곤, 미국에 기대는 것뿐이다. 아마 IS도 그런 사정에 대해 알고 있을 것이다. 따라서 한국 정부와 직접 협상을 할 의지보다는, 한국을 압박함으로써 결국 미국이 어떤 방식으로든 움직이게 유도하려는 의도일 터이다.

그러나 미국도 섣불리 움직이려 하지는 않을 것이다. 현재 진행 중인 시리아 내전에는 중동 각국과, IS를 포함한 각종의 무장단체들, 그리고 미국과 러시아 등의 열강이 직간접적으로

얽혀서 복잡한 정세를 형성하고 있다.

즉, 이란과 사우디아라비아는 종교적인 이유로, 러시아는 정치적인 이해로, 쿠르드족은 자신들의 독립운동에 불을 붙이려는 목적에, IS는 시리아가 혼란한 상황을 빌어 자신들의 근거지를 확보하려는 목적에, 미국은 중동에서의 영향력을 확대하는 한편으로 IS의 확장을 저지하고 파괴하기 위해, 터키는 시리아의 쿠르드족이 자국의 쿠르드족 독립운동에 불을 붙일 수 있다는 우려에 의해, 등등의 이유로 시리아 내전에 직접 참전하거나 깊숙이 관여를 하고 있는 것이다.

그런 판국에 미국의 섣부른 개입은 자칫 화약고에 불을 붙이는 격이 되어서, 작금의 상황보다 훨씬 더 큰 리스크를 가지는 확전의 빌미를 제공할 수도 있다. 더욱이 미국의 입장에서야 자국의 국민이 인질로 잡힌 것도 아니니, 이모저모의 이해타산이 충분히 맞춰지기 전에야 적극적으로 움직이려 할 까닭은 없다고 할 것이다.

미(未)합류 인원

오상식 중령은 그를 향한 부대원들의 은근한 압박을 느끼고 있다. 물론 부대원들 모두는 각자의 방식대로 편하게 쉬면서 대기를 하고 있는 중이다. 그러나 이런 무작정의 기다림을

견디는 것은 답답하기 짝이 없는 노릇일 터다. 그리고 부대원들의 그런 답답함을 대변할 사람은, 당연히 오상식 중령이다.

비록 아직 부대 편제에 대한 정식의 명령이 떨어지지는 않았지만, 오상식 중령이 부대장이 될 거란 사실은 부대원들 모두에게 이미 기정사실화되어 있는 바이다, 결국 오상식 중령은 예의 그 안가 관리 요원에게 무명부대의 직속 명령권자와의 면담을 요청한다. 그가 누구인지는 모르지만!

그러나 예상했던 바대로, 오상식 중령의 요청은 이루어지지 않는다. 다만 안가 관리 요원을 통해 추가로 알게 된 사실은 있다. 그들이 무작정 대기를 하고 있는 이유에 대해서이다. 그리고 그것은 그들 모두를 당황하게 만든다.

무명부대의 총인원은 20명이며, 따라서 아직 합류하지 않은 인원 한 명을 기다려야 한다는 것이다. 그런데 그들 모두를 당황스럽게 만든 건, 그 한 명의 미(未)합류 인원이 바로 무명부대의 부대장이라는 사실이다. 즉, 무명부대의 부대장은 오상식 중령이 아니라는 것이다.

독자(獨自)의 비밀 군사작전

[우리 독자(獨自)의 비밀 군사작전을 강구해 주시오!]

백인호 대통령이 국가 원로 회의에 내린 명령이다. 일분일초가 피를 말리는 상황이다. 언제까지 미국만을 바라보며 시간이나 소모하고 있을 수는 없어서다.

한국 정부의 다급하고도 절박한 협조 요청에 대해 미국은, '백악관의 참모진과 의회의 유력 인사들이 여러 가지 방법들에 대해 논의 중이다' 혹은 '현지의 정세가 긴박하여, 지금으로서는 미국의 개입이 어렵다'는 따위의 소극적인 태도로만 일관하고 있는 중이다.

하는 데까지는 해봐야 한다

백인호 대통령도 익히 알고 있다. 한국 정부 단독으로 시도해 볼 수 있는 것이 거의 없는 처지라는 것을!

더욱이 독자적인 군사작전을 강행한다는 것은 현실적으로 불가능하다. 뿐더러 작전에 투입되는 병력과 직간접의 지원 인력들에게 또 다른 희생을 강요하는 결과가 되고 말 것이다.

그러나 대한민국의 대통령으로서 무엇이라도 시도해 보지 않을 수는 없다. 국민들이 극악한 테러 집단에 인질로 잡혀 있는데, 더욱이 공개 참수를 하겠다는 끔찍한 위협에 직면해 있는데, 기약도 없는 미국의 도움이나 기다리는 것 외엔 그저 두 손 놓고 있을 수는 없다.

국가라면! 정부라면! 대통령이라면! 이런 상황에서 무엇이라도! 그 어떤 것이라도! 하는 데까지는 해봐야 하는 것이다.

일말의 기대

물론 백인호 대통령이 한국의 독자적인 군사작전에 대해 일말의 기대조차 없이 완전한 불가능을 지레 단정하는 건 아니다. 만약 그랬다면 국가 원로 회의에 대해 그런 명령을 내리지도 못했을 것이다. 말 그대로의 일말의 기대는 있다. 바로 그 작전의 핵심으로 투입될 조태강에 대한 기대이다.

물론 조태강이 아무리 능력자라고 해도 그 혼자서는 도저히 역부족일 터다. 이 일은 단순히 적을 치고 깨부수면 되는 것이 아니다. 더욱이 국내도 아닌 이역만리의 중동으로 날아가, IS가 점령하고 있는 적지의 한가운데로 침투해야 한다. 그리하여 어떤 지원도 받을 수 없다. 또 어떤 상황이 벌어질지 전혀 예측조차 할 수 없다. 그런 속에서 육십여 명에 이르는 대규모의 인질들을 구출해서 안전지대까지 호송해야 하는 일이다. 그러므로 조태강 한 사람의 능력이 아무리 막강하다고 한들, 혼자서는 결코 가능하지 않은 일이다.

국가 원로 회의는 즉각적으로 작전의 구체적인 기획에 들어갔고, 우선은 특수작전부대를 긴급 구성했다. 곧, 무명부대다.

그러나 무명부대의 규모에 대한 논의에서부터 당장 벽에 부딪혔고, 결과적으로 극비의 보안을 유지하며 현지로 이동하기 위해서라도 이십 명 이하로 최소화할 수밖에 없었다.

경악과 분노

IS의 공언대로 인질 한 명이 참수되는 끔찍한 광경이 인터넷으로 중계된다.

더불어 IS는 자신들의 요구사항에 대한 즉각적인 이행이 없을 경우, 앞으로 매 48시간마다 인질 한 명씩을 참수하겠다고 경고한다.

대한민국이 온통 경악과 분노로 들끓는다.

분노는 이어 정부의 미온적 대응에 대한 질타의 여론으로 화해 격렬하게 비등한다.

그런 때문에라도 국가 원로 회의는 더 이상 작전의 시행을 미룰 수 없게 된다.

그냥 편하게들 합시다

오상식 중령을 위시한 무명부대의 부대원들이 여느 때처럼 각자의 방식대로 일과를 보내고 있는 중인데, 안가 관리 요원의 안내를 받으며 청년 하나가 부대원들 앞에 나타난다. 모두의 시선이 집중된 중에 안가 관리 요원이 청년을 소개한다.

"무명부대의 부대장님이십니다."

그리고 안가 관리 요원이 제 할 일을 다 했다는 듯이 가버리고 난 뒤에도, 오상식 중령과 부대원들은 여전히 멍한 상태다. 청년도 부대원들의 멍한 시선들을 마주 대한 채로 무덤덤하니 서 있다.

잠시간의 당황스럽고도 어색한 대치 끝에야, 오상식 중령은 퍼뜩 정신을 수습한다. 청년이 누구인지, 어떤 사람인지는 모른다. 그러나 한 가지는 분명하지 않은가? 바로 무명부대의 부대장! 즉, 그들의 직속상관이자 지휘관이란 사실이다.

"일동 차렷!"

오상식 중령이 자세를 갖추며 외치자, 부대원들도 그제야 일제히 부동자세를 취한다. 그러자 청년이 오히려 당황한 듯이 급하게 손을 내젓는다.

"아아……! 그럴 것 없습니다! 그냥 편하게들 합시다!"

정말로 궁금한 노릇

"계급을 물어봐도 되겠습니까?"

오상식 중령이 조심스럽게 묻는 말이 조금은 애매한 경어체다. 부대원들에 대한 간단한 소개와 인사를 마치고 이윽고 둘만 있는 자리에서이다. 오상식 중령 자신과 부대원들은 복장에 계급장을 달고 있는 데 비해, 청년은 그냥 사복이어서 계급을 알 수가 없다. 청년이 무명부대의 부대장이자 그의 상관이라는 점은 이미 분명하지만, 그래도 군인으로서 가장 기본이 된다고 할 계급은 알아야 하지 않겠는가 하는 차원에서의 질문이다.

사실 오상식 중령으로서는 정말로 궁금한 노릇이기도 하다.

이제 삼십 대 초반쯤일까? 많이 봐줘도 삼십 대 중반을 넘기지는 않았을 나이의 청년이 어떻게, 무엇으로 그의 상관이 되었는지에 대해!

그의 계급이 무궁화 두 개! 비록 중령 계급이지만, 육사 동기를 비롯한 군내 인맥 기준으로 보자면 대령급이다. 그런 만큼 그를 부하로 거느릴 부대장이라면 그 계급이 장군—원 스타의 준장일지라도—쯤은 되어야 자연스러울 것이다. 그러나 아무리 엘리트 코스를 밟았다고 해도 청년의 나이에 스타를 단다는 것은 어불성설의 노릇이니, 소령 계급장만 달아도 빠른 케이스라고 할 것이다.

청년의 얼굴에 설핏 곤혹스럽다는 빛이 스쳐 간다. 그러하리라고 충분히 짐작했던 바이기에, 오상식 중령은 첫 번째 질문에 대한 대답을 군이 더 기다리지 않고 다음 단계의 질문으로 넘어간다.

추정과 추론

"혹시… 정보기관 쪽에서 나오셨습니까?"

사실 이 질문이야말로 오상식 중령이 미리 짐작해 본 답이기도 하다. 계급이나 군 경력으로는 그의 상관이 될 가능성이 없다고 보면, 역시 다른 계통에서 날아온 낙하산일 터이다. 그렇다면 가장 유력하다고 할 계통은 바로 정보기관 쪽일 수밖에 없다. 우선은 지금 그들이 있는 곳이 아마도 정보기관의 안가쯤으로 짐작이 된다는 사실부터가, 추정의 가장 직접적인 근거가 될 것이다.

오상식 중령이 다음으로 추정해 보는 것은, 무명부대에게 맡겨질 임무가 통상적인 군사작전이나 대테러 작전의 범주에 그치지 않는 특수하고도 복합적인 작전일 경우다. 그리하여 무명부대장에게 작전 현장에서 정치적 혹은 외교적인 계산과 판단까지를 하도록 역할과 권한을 줘야만 하는 경우!

그런 전제라면 특수작전 분야의 경험밖에 없는 그의 역량으로는, 또한 그의 계급으로는, 그 무거운 권한과 책임을 온전히 다 감당해 내기는 어려울 것이다. 그리하여 정보기관 쪽에서 적합한 인사를 부대장으로 삼고, 자신을 참모 겸 부(副)대장으로 삼아서 시너지를 내게 하려는 것일 터다.

그런 관점에서는 또한, 기껏 삼십 대 초반의 청년이 무명부
대의 부대장에 발탁된 사정까지를 추론해 볼 수 있겠다. 즉,
아마도 청년은 소위 소년 급제로 어린 나이에 국가고시를 패
스했을 것이다. 그리고 곧바로 정보기관 쪽으로 투신하여 발
군의 능력을 보이며 승승장구한 케이스일 것이다. 그리하여
젊은 엘리트 관료로 역량을 인정받음은 물론이고, 그 직급이
나 직책에 있어서도 중령 계급의 그를 부하로 두어도 될 정도
가 되는 그런 인물일 것이다.

어쨌든 확실한 것은

"정보기관 쪽이라……! 뭐, 딱히 그렇다고 하기는 좀 그렇습
니다만……."
말을 얼버무리는 청년의 얼굴에 곤혹스럽다는 빛이 조금
더 깊어지는가 싶다. 그러더니 청년은 문득,
"하하하!"
나지막이 소리 내어 웃고는, 다시 담담한 투로 덧붙인다.
"어쨌든 확실한 것은, 제가 무명부대의 부대장이라는 사실
입니다."
청년의 그 말은 오상식 중령에게 사뭇 정치적인 의미로 들
린다. 역시 그 스스로가 이미 추정하고 추론해 놓은 바가 있

어서일 것이다. 즉,

'불필요한 사항들에 대해서는 군이 묻지 마라! 당신은 군인이지 않느냐? 군인에게 명령은 이해에 앞서는 것이다! 그러니 당신은 내 명령에 복종하기만 하면 되는 것이다!'

하는 정도의 의미가 내포된 것으로 여겨진다고 할까? 하긴 그렇다고 하더라도 딱히 반박할 여지는 없다. 청년이 무명부대의 부대장이자 그의 명령권자인 것은 엄연한 사실이니까! 또 그렇다면 군인으로서 그것 이상으로 명쾌한 기준이 되는 명제는 따로 존재하지 않는 것이니까!

이게 도대체 말이나 되는 소린가?

"우리에게 주어진 임무는 무엇입니까?"

오상식 중령의 그 질문에 대해서는 청년이 차분하게 대답한다.

"IS에 납치된 인질들을 구출해 내는 것입니다."

담담한 투로 뱉는 간단명료한 대답이다. 마치 대단한 일도 아니란 듯이! 그러나 그 말이 가지는 엄청난 의미에, 순간 오상식 중령은 그대로 얼어붙고 만다. 가히 충격적이다.

인질 사태와 관련된 뉴스 속보들을 보면서 부대원들과 함께 오상식 중령 자신도 분개했던 바 있다. 군인으로서 명령만 주어진다면 당장에 달려가 IS건 무엇이건 간에 단숨에 때려

부수고 인질들을 구출해 내고 싶은 충동을 느끼기도 했다. 그러나 그런 것은 그야말로 충동일 뿐이다.

그가 이미 나름의 냉철한 분석과 견해를 가지고 있는 바이지만, 한국 정부가 독자적으로 전투 병력을 파견하여 직접 인질 구출을 시도한다는 것은 도저히 불가능하다. 그러니 그가 잠깐 가져보았던 충동은, 그저 분노를 달래보기 위한 잠깐의 상상, 아니, 차라리 공상일 뿐이다. 그런데 정말이라니? 무명부대에 주어진 임무가 바로 그것이라니?

경악을 겨우 추스르며 오상식 중령은 현실의 사고 영역으로 돌아가기 위해 애를 써본다. 그러나 쉽지가 않다. 그에게 주어진 지금의 이 상황 자체는 도무지 현실적이지가 못하다.

'우리가? 겨우 스무 명의 병력으로? 이게 도대체 말이나 되는 소린가?'

뜻밖의 메시지

국가 원로 회의와 대통령, 그리고 극소수의 핵심 관계 요인 간에 긴급한 논의가 있었다. 미국 측에 작전을 알릴지 말지에 대한 논의다. 그리고 일단 통보는 해주는 것으로 결론이 난다.

한국의 독자적 군사작전 강행에 따른 미국과의 갈등을 최소화하기 위함이다. 또한 무명부대의 작전 수행에 반드시 필요한 정보 자산 등의 현지 기반이 절대적으로 부족한 만큼, 일단 미국 측에 작전의 시행을 통보해 놓으면 그래도 최소한의 도움은 받을 수 있지 않을까 하는 현실적인 기대도 없지는 않다.

그런데 국가안보실장을 통해 미국 측 정보 라인에 작전의 시행을 통보하고 30분 정도가 지나서, 미국 측으로부터 뜻밖의 메시지가 날아온다. 한국의 인질 구출 작전에 미국의 현지 기반을 통해 최대한 협조하겠다는 내용이다. 다만 미국의 협조는 어디까지나 비공식적이며, 작전은 한국이 독자적으로 수행해야 한다는 전제가 달렸다.

각오와 충정

오상식 중령은 자신이 부대장 직책은 아닐지라도, 막상 일정 부분에 있어서는 실질적인 부대장의 역할을 해야만 하리라는 판단을 해본다.

아직 이름도 모르는 그 청년이 작전 현장에서의 정치 외교적인 필요성 때문에 부대장의 직책을 맡았더라도, 막상 총알이 날아다니는 긴박한 전투 상황에서야 말 그대로의 '산전수전에 공중전'까지를 두루 섭렵한 그가 지휘관의 역할을 수행할 수밖에 없지 않겠는가 말이다.

무명부대를 기획하고 창설한 주체가 어디인지는 모르겠으나 처음부터 그러한 역할 분담 즉, 비전투 지휘관과 전투 지휘관의 협력 시너지를 고려하고서 이런 구성을 가져간 것이리라!

그러나 다시 한번 그 스스로에게부터 분명히 해두건대, 무명부대의 부대장은 그 청년이다. 그는 다만 부대장을 보좌하는 위치일 뿐이다. 따라서 그의 이러한 일련의 생각과 판단은 결코 공명심이나 질시 따위에서가 아니다.

각오다. 사실상 불가능한 작전을 대하는! 그리하여 그 자신과 부대원들 모두가 아마도 살아서 복귀하지 못할 죽음의 작전을 대하는!

그리고 충정이다. 대한민국의 군인으로서 조국의 명령에 목숨 바쳐 따르겠다는! 그것이 조국을 위해 산화하더라도 일말의 영광조차 남지 않을 비정한 명령일지라도!

한 가지만 완벽히 갖출 수 있다면

전투부대의 지휘관이라면! 더욱이 적진 깊숙이 고립되어 어떠한 지원도 기대할 수 없는 처지에서 부대 단독으로 작전을 수행해야 하는 입장이라면!

가장 우선적으로 확보해야 할 것은, 어떤 위기 상황에서도 부대 전체를 한 몸처럼 움직이게 할 일사불란한 명령체계다. 그러나 그것은 결코 단시간에 이루어지지 않는다.

　명령에 죽고 명령에 사는 게 군인이라지만, 군도 결국에는 다양한 성격과 개성들이 모인 조직이다. 그런 이상에는 체계적이고 반복적인 훈련이 절대적으로 필요하다. 특히 이번처럼 임무가 특정된 경우에는, 그것에 맞춤한 각종의 훈련 과정들을 통해 단계적으로 조직력을 구축해 가는 것이 가장 이상적이다. 그러나 지금 무명부대가 처한 환경에서 그러한 단계적 구축은 불가능하다.

　그나마 다행스러운 점이 있다면, 무명부대원들 각자가 각군(各軍) 각급(各級)의 특수작전부대 정예 요원들로, 이미 엄격하고 혹독한 훈련 과정과 다양한 경험을 쌓아온 그야말로 베테랑들이라는 점이다. 그럼으로써 한 가지! 딱 한 가지만 완벽히 갖출 수 있다면 나머지는 저절로 따라온다고 할 수 있겠다.

　신뢰! 서로에 대한 굳건한 신뢰! 바로 그것이다. 상하 관계를 초월한 동료로서, 자신의 목숨까지도 기꺼이 동료에게 맡길 수 있는 절대의 신뢰! 부대원들 상호 간에 그런 신뢰가 구축될 때, 무명부대는 최대한의 역량과 효율을 발휘할 수 있을 것이다. 그리하여 이 죽음의 임무를 완수하고 못 하고는, 그런

다음의 문제라고 하겠다.

가장 거칠고 무식하고 원초적인 전투

청년 부대장에게서 긴급한 하달(下達)이 있었다. 앞으로 7시간 뒤 중동행 항공편에 탑승해야 한다는!

오상식 중령은 차라리 차분해지는 심정이다. 어이없음과 느닷없음을 새삼 탓할 필요는 없으리라! 어차피 불가능과 죽음의 작전에 대한 각오가 된 다음인데 말이다.

다만 냉철하게 고민해야 할 것은, '남은 7시간여 동안에 최대한의 효과를 거둘 수 있는 방법은 무엇일까?' 하는 것이리라! 새롭게 구성된 조직에 가장 빠르고 확실하게 신뢰를 구축하는 방법! 그 조직이 군 조직이라면! 더하여 전문적인 전투 역량과 그 어떤 상황에서도 꺾이지 않을 자부심과 투지까지를 갖춘 구성원들로 이루어진 조직이라면!

오상식 중령은 몇 가지의 방법에 대해 경험으로 알고 있다. 그리고 그중에서도 한 가지야말로 지금 써먹기에 딱 적당하다. 바로 참호전(塹壕戰) 훈련이다.

흙탕물로 채워진 구덩이에 모두 들어가 최후의 한 사람이 남을 때까지 서로를 구덩이 밖으로 밀어내는 방식의 훈련! 맨몸으로 뒤엉켜 뒹굴고 온몸으로 부딪치면서 서로의 땀과 거친 숨결을 적나라하게 느껴볼 수 있는, 가장 거칠고 무식하고 원초적인 전투 훈련!

또 다른 계산

사실 참호전 훈련에는 오상식 중령의 또 다른 계산이 깔려 있기도 하다.

아직까지 체력에는 자신이 있는 그다. 참호전 훈련에서 비록 마지막까지 남아 최후의 승자가 되지는 못할지라도, 지휘관으로서 부하들에게 결코 뒤지지 않는 체력과 불굴의 투지만큼은 확실하게 보여줄 자신이 있는 것이다.

그럼으로써 부대원들에게, 임무 수행을 위해 불가피하게 맞닥뜨리게 될 전투 상황에서 실질적인 지휘관의 역할을 해야 할 그의 위상을 자연스럽게, 그러나 분명하게 심어주리라는 계산이다.

원망과 분노, 그리고 맹렬한 투지

무명부대의 전원이 정원에 모였다. 오상식 중령을 포함한 19명이 2오(伍) 횡대로 도열하고, 그들을 마주하여 청년 부대장이 섰다.

청년 부대장은 부대원들의 눈빛이 달라져 있음을 느낄 수 있다. 차갑게 가라앉은 눈빛들이다. 그러나 그들의 눈빛에는 비장함이 녹아 있다. 그리고 다시 그 속에 당장에라도 터져 나오고 말 것 같은 거친 분노가 억눌린 채로 갈무리되어 있다. 오상식 중령으로부터 자신들의 임무에 대해서 들은 것이리라!

"나는 이름이 없습니다. 여러분들도 이제부터는 이름이 없습니다. 우리 부대가 무명부대이듯이 나도, 여러분들도 모두 무명입니다. 이제부터 나는 여러분들에 대해 성과 계급으로만 호칭할 것입니다. 즉, 거긴 오 중령! 거긴 박 상사! 거긴 이 중사! 거긴 유 하사! 이런 식입니다."

거기까지 말한 청년 부대장이 잠시 말을 멈추고 부대원 전체를 한번 훑어본다.

'여기까지 질문 있습니까?'

하는 정도의 의미일 테지만, 아무도 질문의 의사를 표시하는 사람은 없다. 청년 부대장이 다시 말을 계속한다.

"오 중령으로부터 이미 들었겠지만, 우린 오늘 밤에 중동행 비행기에 오릅니다. 그 전에 무명부대의 처음이자 마지막의 훈련을 한 가지 실시하겠습니다. 바로 참호전 훈련입니다. 훈련은 오 중령의 지휘하에 실시합니다. 알겠습니까?"

"악!"

누군가가 대답인지 반발인지 모를 악다문 잇소리를 내지른다. 혹은 자신이 원래 속해 있던 부대의 구호인지도 모르겠다.
그리고,

"모두 알겠습니까?"

청년 부대장이 다시 묻는 소리에는 부대원 모두가 동화라
도 되었는지 한목소리로 소리를 내지른다.

"악!"

오상식 중령도 같은 소리를 냈다. 그도 부하들과 다름없이
비장함과 거친 분노를 느낀다. 그와, 그의 부하들이자 이 나라
의 젊은 군인들을 아무런 대책도 보장도 없이 사지로 내모는,
기껏 그런 정도의 능력밖에 안 되는 군과 정부에 대한 원망과
분노다. 그러나 그것은 한편으로 맹렬히 끓어오르는 투지다.

저곳을 참호답게!

청년 부대장은 정원 한쪽에 놓인 나무 벤치 쪽으로 물러나
있다. 그런 모습에 대해 오상식 중령은, 그가 참호전 훈련에
관한 제반 사항을 온전히 자신에게 맡기겠다는, 그리고 그 자
신은 훈련 광경을 참관만 하겠다는 뜻쯤으로 받아들인다. 지
금의 이 훈련이 치열하다 못해 혹독하다고 할 만하다는 점에
서, 청년 부대장으로서는 열외를 할 수밖에 없으리라고 가볍
게 수긍하는 것이기도 하다.

"오늘 우리가 훈련할 참호는 저곳이다."

오상식 중령이 가리킨 곳은 정원에 잇대어 있는 수영장이다. 그러나 폭 15미터에 길이가 50미터쯤이나 되는 수영장 전체를 다 참호로 쓰겠다는 건 물론 아니다. 아마도 아이들 전용으로 만들어놓았는지 수영장 끝단에 따로 작게 구획되어 있는 15M x 7M쯤의 크기에 깊이가 어른 허리쯤 되는 소형 풀장을 지목한 것이다. 물론 그 소형 풀장만 해도, 참호전 훈련용으로 쓰기에는 여전히 너무 크다고 하겠다. 그러나 맨땅에다 새로 참호를 파는 것보단 나을 것이다.

"자! 이제부터 수단과 방법을 가리지 말고, 저곳을 참호답게 만든다! 실시!"

"악!"

일제의 구호 소리와 함께 부대원들이 사방으로 흩어진다.

이미 뱉은 명령

부대원들 몇몇이 정원 한쪽의 비품 창고를 뒤져 삽이며 곡괭이 등을 들고 온다. 그리고 집 안으로 들어갔던 다른 몇몇은 커다란 양은 냄비와 대야 등 흙을 퍼 담을 용기들을 들고 온다.

그런데 부대원들이 하는 짓들을 지켜보던 오상식 중령의 얼굴에 설핏 당황이 스친다. 삽과 곡괭이를 든 친구들이 거침없이 정원의 잔디밭을 파헤치기 시작한 때문이다.

수영장을 진흙탕으로 만들기 위해서 흙이 필요한 건 맞다. 그러나 어디 다른 곳의 맨땅인 흙을 구해 올 줄 알았지, 한눈에 보기에도 크게 정성을 들인 것이 확연한 융단처럼 잘 가꿔진 잔디밭을 인정사정없이 파헤칠 줄이야! 아무리 그가 수단과 방법을 가리지 말라고 했지만, 그것이야 어디까지나 제법 힘이 들 노동에 대한 동기부여를 위해 수식(修飾)으로 붙였을 뿐이 아니겠는가? 그런데 저런 무식한 만행을 저지를 줄이야!

아니다. 이건 무식해서 벌이는 짓거리가 아니다. 다분히 의도적이다. 대충의 눈치로도 지금의 이곳이 결코 호락호락한 장소가 아닌 줄은 다들 알고 있을 터다. 그렇다면 설령 잔디밭을 파헤치라는 명령이 있었다고 치더라도, 한 번 더 명령의 진위를 확인하거나, 혹은 그렇지 않더라도 최소한 주춤거리고 망설이는 시늉이라도 했을 법하다. 그런데 지금 저들에게서는 그런 기색 따위는 조금도 보이지 않는다.

아마도 저들은 지금 가슴속의 분개와, 악과, 투지를 저렇게라도 풀어내고 있는 것이리라! 그렇다면 오상식 중령으로서도 이미 뱉은 명령을 꿋꿋하게 밀고 나가는 수밖에 없는 노릇이다.

나는 명령권자가 아니오!

그 소형 풀장은 금세 엉망의 진흙탕으로 변한다. 그럼으로 써 제법 참호다운 모습으로 변해가고 있기도 하다.

오상식 중령은 이제 곧 벌어질 사달에 대비하여 정원수 그 늘 쪽으로 슬쩍 물러나 있는 중이다. 아니나 다를까? 가옥의 뒤쪽으로부터 서너 명의 사내들이 황급하게 달려 나오면서 고 함부터 질러댄다.

"모두 멈춰!"

"지금 뭐 하는 짓들이야!"

그러나 무명부대원들 중 누구도 하던 일을 멈추지 않는다. 그들이 들을 명령은 아니라는 모양새들이다. 오히려,

"악!"

누군가 외치더니, 뒤이어 전부가,

"악!"

"악!"

그야말로 악을 써대기 시작하면서, 삽과 괭이질이 더욱 맹 렬해진다. 사내들 중에서 예의 그 안가 관리 요원이 급하게 오 상식 중령에게로 달려온다.

"이곳은 당신들이 함부로 훼손해도 되는 그런 곳이 아닙니 다. 부대원들에게 즉시 멈추라고 하십시오!"

그러나 오상식 중령이 이미 나름의 대비를 하고 있던 터다. 일단 슬쩍 곤란하다는 기색을 비치고 나서, 그가 짐짓 단호한 투로 말한다.

"나는 명령권자가 아니오."

이어 그는 곧장 한쪽으로 시선을 준다. 그 시선의 끝에 청년 부대장이 있음은 물론이다. 한마디로,

'나를 포함한 우리 부대원들은 지금 명령에 따르고 있는 것뿐이니, 따지고 싶은 게 있으면 명령권자인 부대장에게 가서 따지시오.'

라는 얘기를 하는 것이다. 안가 관리 요원이 조금쯤 떨떠름한 기색을 보이더니, 잰걸음으로 벤치 쪽을 향해 걸어간다. 그 뒷모습을 보면서 오상식 중령은 새삼 흥미롭다.

지금의 상황은 이를테면, 전투 지휘관인 그가 처리하는 것보다는 비전투 지휘관인 청년 부대장이 해결하는 것이 효율적이라고 하겠다. 물론 그런 것은 어디까지나 그 혼자서 세운 정의(定義)에 불과하다. 그러니 엉뚱한 논리를 핑계 삼아서 곤란한 상황을 슬쩍 미루는 게 아니냐고 탓을 해도 딱히 할 말은 없다. 그럼에도 그가 흥미롭다는 것은, 이런 상황을 빌어 청년 부대장의 역량 즉, 비전투 지휘관으로서의 임기응변을 한번 평가해 보고 싶은 은근한 속셈이 있기 때문이다.

누구도 감히 멈추라 마라 할 수 없습니다

"휘하 부대원들의 행위를 즉각 중단해 주십시오."

안가 관리 요원의 그 말에 대해, 이 모든 소란과 전혀 무관하다는 듯이 벤치에 앉은 채로 태평스럽게 먼 하늘을 쳐다보고 있던 청년 부대장이 그제야 힐끗 시선을 준다.

"내가 왜 그래야 하는 겁니까?"

청년 부대장의 물음이 차라리 덤덤하다. 안가 관리 요원의 기색이 차가워진다.

"아시겠지만 이곳은 국가 소유의 시설입니다. 지금 귀 부대원들이 마구 훼손시키고 있는 정원과 수영장도 당연히 국가의 재산입니다. 그리고 저는 이곳의 관리 책임자로서 귀하께 훼손 행위를 멈추라고 요구할 권한이 있습니다."

청년 부대장이 고개를 갸웃하고는 다시 묻는다.

"나에게 요구할 권한이 있다? 그래서요? 그럼에도 내가 그 요구에 응하지 않겠다면? 그럼 또 어떻게 할 겁니까?"

"뭐라고요?"

안가 관리 요원의 목소리가 이윽고 날카로워진다. 그러나 청년 부대장은 여전히 덤덤하기만 하다.

"우리 부대가 어떤 부대인지 알고 있습니까?"

"무명부대라고 알고 있습니다."

"그럼 무명부대의 바로 윗선, 그러니까 직속상관이 누군지 알고 있습니까?"

"……?"

"지금 우리 부대원들이 훼손하고 있는 정원과 수영장이 국가의 재산이지만, 우리 부대원들이 수행할 임무 또한 국가를 위해 엄청나게 중요한 것입니다. 그 중요함의 가치는, 이런 정원과 수영장 따위가 가지는 가치와는 결코 비교조차 할 수 없습니다. 그런데 지금 저 약간의 훼손은 우리 부대의 임무 수행을 위한 훈련에 필요한 부분이고, 그런 만큼 누구도 감히 멈추라 마라 할 수 없습니다. 그러니 당신은 먼저 당신의 윗선에다 확인부터 해보는 게 좋을 겁니다. 당신이 과연 우리가 하는 일에 대해 멈추라 마라 할 수 있는 지에 대해!"

청년 부대장이 차근차근 말을 뱉어내는 동안, 안가 관리 요원의 얼굴은 벌겋게 달아오른다. 청년 지휘관이 툭 던지듯이 덧붙인다.

"아! 그런데 그걸 확인하려면 아마도 한참 위로 올라가야 할 겁니다. 어쩌면 최고 꼭대기까지 가야 할지도 모르고!"

그런 데는 안가 관리 요원이 이윽고 기세를 꺾고 만다.

"알겠습니다. 일단 상부에 보고하고 지침을 받아서 다시 오도록 하겠습니다."

사실은 무명부대에 대해 최대한의 지원을 아끼지 말라는

취지의 명령을 이미 하달받았던 터다. 그런 데다 지금 '최고 꼭대기'까지 운운하는 무명부대장의 기고만장에는, 그의 선에서 계속 버팅기기가 힘겨운 노릇이었을 터다. 그런데 안가 관리 요원이 몸을 돌려 걸어갈 때다. 그의 등 뒤로,

"악!"

"악!"

"와~악!"

"와아~악!"

무병부대원들의 악쓰는 소리가 극성스러워진다.

전투 시작 명령을 내리시죠!

"와~아!"

"와아~아!"

요란한 함성을 내지르며 웃통을 벗어젖힌 부대원들이 일제히 소형 풀장─진흙탕으로 변해 이제는 제법 참호처럼 변해 있는─ 속으로 뛰어든다.

울퉁불퉁하게 솟은 근육질의 우람한 몸뚱이들이 한꺼번에 뛰어들자 참호 속은 금세 뜨거운 열기로 후끈 달아오른다. 부대원들은 진흙탕의 물을 세수하듯이 얼굴에다 바르고 가슴팍에다 끼얹고, 개중에는 아예 풍덩 머리까지 물속으로 처박

았다가 빼기도 한다.

오상식 중령도 웃통을 벗어젖힌다. 오십의 나이라곤 믿기 힘들 정도로 탄탄한 구릿빛의 건장한 상체가 드러난다. 그런 채로 그는 벤치의 청년 부대장에게로 힐끗 시선을 한번 주고는 참호 속으로 뛰어든다.

풍덩!

흙탕물의 물보라가 제법 거창하게 일어나지만, 굳이 피하는 사람은 없다. 이어 참호의 한가운데에 버티고 선 오상식 중령이 우렁차게 외친다.

"전투 시작 명령을 내리시죠!"

청년 부대장을 향해서다.

전투~시~작!

청년 부대장은 조금 멋쩍어하는 기색으로 된다. 그러나 그는 짐짓 느긋하게 벤치에서 일어나더니 참호를 향해 다가온다. 그런데 참호 옆에 와서는 또 잠시간 머뭇거리는가 싶더니, 그가 돌연히 홀러덩 웃통을 벗어젖힌다.

누구도 미처 생각지 못했던 일이다. 모두가 일시 의아한 모양새들도 되고 마는데, 그런 중에 오상식 중령은 차라리 당혹스럽기까지 하다. 청년 부대장의 벗은 몸매 때문이다. 좋게 말해주자면 그냥 군살 없이 날렵해 보인다고 하겠다. 배가 나왔다든지 딱히 군살이 붙은 몸은 아니니까! 그러나 확실히 근육질하곤 거리가 있으니, 지금 다른 모두의 울퉁불퉁한 근육질의 우람한 몸뚱이들 속에서는 상대적으로 평범하다 못해 허약하게까지 보일 수밖에 없다.

물론 비전투 지휘관이 굳이 근육질일 필요는 없을 것이다. 그러나 무명부대의 부대장이 비전투 요원이라는 것을, 굳이 모든 부대원에게 까놓고 알릴 것까지는 없지 않겠는가 말이다.

"와아아~!"

부대원들의 함성이 터져 나온다. 생각하지 않았던 청년 부대장의 돌발 행동에 대한, 더욱이 결코 과시할 만큼은 아닌 몸을 사뭇 과감하게 드러낸 데 대한 격려랄까? 혹은 기왕에 웃통을 깠으니, 얼른 참호 속으로 뛰어들라는 충동의 의미일 수도 있겠다.

그리고 과연 그런 격려와 충동에 고무되었는지, 청년 부대장이 훌쩍 참호 속으로 뛰어내린다. 그러나 막상은 진흙탕 물이 튀는 게 싫은지, 손으로 얼굴과 가슴을 가린 채다.

"전투~시~작!"

청년 부대장이 외치고,

"우아~아~아~!"

부대원들이 일제히 우렁찬 함성을 질러낸다.

도무지 가능하지 않은 노릇

일단 전투가 시작되자 참호 속의 분위기는 일변한다. 누구라고 할 것 없이 전부가 거친 투지로 눈빛을 번뜩이며 서로를 노려본다. 적당히 하고 끝내려는 놀이나 훈련이 아니다. 이 참호 안에서는 이제 계급도 직책도 나이도 모두 무시된다. 약하다고, 뭘 잘 모른다고, 순진하다고 봐주는 법도 없다. 모두가 적이다. 내가 살아남기 위해 상대를 아웃시켜야 하는, 그야말로 전투다. 마지막까지 버티는 하나만 살아남는다.

오상식 중령은 슬쩍 자리를 옮겨 청년 부대장의 근처로 간다. 아무리 인정사정 봐주지 않는 전투 훈련이라지만, 어디까지나 비전투 요원 아닌가? 더욱이 격렬한 전투의 와중에 혹시 다치기라도 하면, 당장 작전에 차질이 생길 것 아닌가 말이다. 또한 그래도 부대장인데 부하들에게 너무 심하게 당하기라도 하면, 그 체면과 권위가 아주 무너져 버릴 수도 있는 문제다. 그런저런 염려와 배려에서, 어쨌든 적당한 선까지는 보호자 노릇이 필요하겠다는 계산이다.

그러나 오상식 중령의 그런 염려와 배려, 그리고 계산이 그리 오래가지는 못한다. 내 편도 네 편도 없다. 주위에 있는 누구라도 무작정으로 밀어붙이고 넘어뜨리고 잡아끌어서 악착같이 참호 밖으로 밀어내야만 한다. 치열한 난전 중에 제 한 몸 지키고 버티기에도 벅차고 정신없는 와중에, 다른 사람까지를 보호한다는 것은 금세, 도무지 가능하지 않은 노릇이 되고 만다.

전략이라고 해야 할지 전술이라고 해야 할지

무작정에다 무법천지의 치열한 난전이 얼마나 계속되었을까? 어떻게 된 영문인지 설명하기도 벅찰 만큼의, 말 그대로의 진흙탕 싸움 끝에 어느새 아홉 명이 참호 밖으로 밀려나 있다.

그런데 그때부터 참호 안에서는 확연한 변화가 생긴다. 그걸 전략이라고 해야 할지 전술이라고 해야 할지! 어쨌든 협공이다. 즉, 하나를 두고 여러 명이 한꺼번에 덤비는 다수 대 일의 형태인데, 그런 협공은 두 군데로 나뉘어서 벌어지고 있다.

먼저는 6 : 1의 전투다. 오상식 중령에게 개중 덩치가 큰 편인 여섯 명이 우르르 달라붙어 있다. 아마도 생존자 중에서는 오상식 중령이 최강자로 인정받았고, 그럼으로써 나머지의 공적이 되었다는 의미일 터이다. 즉, 협공으로 우선 최강자부터 제거하고 나서, 그다음에 다시 우열을 가리자는!

"드루와~! 한꺼번에 들어오라고~!"

오상식 중령이 투지를 불태우고 있다.

손쉬운 최약체부터

다른 한 곳에서는 3 : 1의 전투가 벌어지고 있다. 협공을 당하는 사람은 뜻밖에도 청년 부대장이다. 그에게 세 명이 달라붙어 있다. 처음부터 최약체로 모두에게 공인받았던 청년 부대장이 아직까지 생존해 있다는 자체만으로도 놀랍다고 할 만하다는 점에서, 이 협공은 아마도 오상식 중령의 경우와는 반대의 논리이리라! 즉,

'귀찮고 성가시니 일단 제거하기 손쉬운 최약체부터 치워버리자!'

그런 정도의 동의? 그러나 청년 부대장은 협공에도 의외로 잘 버티고 있다. 딱히 당황하거나 다급해하는 기색도 아니다. 그리고 보면 그는 처음이나 지금이나 별 변화도 없이 그저 무덤덤해 보이는 얼굴이다. 다른 부대원들이 지금쯤 공통적으로 가지고 있는, 한껏 달아오른 흥분이나 악착같은 투쟁심, 그리고 체력이 소진되어 가고 있는 기미 같은 것들을 찾아보기 어렵다. 또한 그런 점에서는 한편으로, 그가 잘 버티는 게 아

니라 협공하고 있는 세 명에게 또 다른 계산이 있지 않나 하는 의심이 들기도 한다. 그들 세 명이 각자의 체력 안배를 위해 힘을 아끼고 있지 않나 하는!

계획했던 것 이상으로

오상식 중령은 여섯 명의 협공 속에서도 완강히 버틴다. 나아가 위기의 순간에 절묘한 뒤집기 테크닉을 발휘하여 두 명을 한꺼번에 참호 밖으로 밀어내는 그야말로 눈부신 전과를 올린다. 그의 그런 용맹은 모두로 하여금,

'과연! 오상식!'

이라는 감탄을 하지 않을 수 없게 만든다. 그러나 그도 결국은 세월의 무게가 지배하는 법칙을 거스르지는 못한다. 이윽고 체력의 한계에 도달하고 만 것이다.

"헉······! 허~억!"

거친 숨을 헐떡거리며 스스로의 몸을 가누기 어려울 정도로 체력이 방전된 그를, 네 명이 와락 달라붙어서는 사지의 한 쪽씩을 붙잡고 번쩍 들어 올린다. 그가 공중에 들려서도 마지막까지 악착같이 온몸을 버둥대 보지만, 이윽고 참호 밖으로 내던져지고 만다.

"허~억! 허어~억!"

땅바닥에 벌렁 대자로 뻗어버린 채 턱밑까지 차오른 숨을 고르면서도, 그는 못내 아쉬운 기색이다. 그러나 부대원들에게 자신이 보여주고 싶었던 것들에 대해, 그는 애초에 계획했던 것 이상으로 충분히 보여준 셈이다. 놀라운 체력과 꺾일 줄 모르는 투지! 그리고 노련한 기지와 악착같은 근성까지!

새삼 의외롭다는 정도를 넘어

참호 안에는 이제 8명이 남았다. 그리고 그들 사이에는 새로운 판도가 형성된다. 오상식 중령을 협공하던 네 명이 동맹을 그대로 유지하면서, 나머지를 적으로 돌린 것이다. 그들 네 명은 기왕에 사뭇 단단한 협력관계를 구축하기도 하였거니와, 피지컬에 있어서도 상대편에 비해 한층 우월하다.

4 : 4의 치열한 접전이 펼쳐진다. 그러나 덩치가 우월한 편이 이내 상대편을 몰아붙이면서, 양측의 균형이 깨지고 탈락자가 생겨난다. 그러나 덩치가 작은 편에서도 그냥 당하고만 있지는 않아서, 잇달아 참호 밖으로 밀려나면서도 물귀신처럼 악착같이 달라붙어서 끝내는 상대편의 하나를 끌고 나간다. 그리하여 결과적으로 덩치가 작은 편의 세 명과, 덩치가 큰 편의 한 명이 탈락된다.

이제 참호 안에 남은 사람은 네 명이다. 그중에는 청년 부대장도 포함되어 있다. 처음부터 최약체이며 지금도 최약체인 그가 여전히 생존해 있다는 것은, 모두에게 새삼 의외롭다는 정도를 넘어 묘한 흥분까지를 불러일으키는 데가 있다. 그것이 그의 능력과는 무관하게 다른 이들의 전략이나 전술에 의한 결과이든! 혹은 또 어떤 다른 이유에서든! 어쨌든!

인지상정이런가?

아직까지는 기왕의 동맹을 깨지 않은 세 쌍의 시선들이 거친 호흡을 진정시키며 눈빛을 교환한다. 그리고 이내 암묵의 합의를 이룬다.

'일단 숫자 하나를 더 줄이고 보자!'

한 명이 뒤로 돌아가 청년 부대장의 허리를 바짝 안아서 들어 올린다. 동시에 다른 두 명은 그의 양다리를 잡아 올린다. 단숨에 참호 밖으로 들어내려는 시도다. 청년 부대장은 최대한 중심을 아래로 낮추면서 어떻게든 버텨보려는 모양새이지만, 아무래도 역부족으로 보인다. 그때다.

"부대장님~! 파이팅~!"

참호 바깥의 탈락자들, 이제는 구경꾼이 된 자들 중에서 누군가가 크게 외친다. 지금껏 참으로 용케도 버텨왔건만, 이제야말로 참호 밖으로 가볍게 내던져지고 말 청년 부대장에게 마지막으로 해주는 응원일까? 그런데 약자에게, 그것도 강자들에게 일방적인 협공을 당하는 최약체에 대해 응원의 마음이 생기는 것은 인지상정이런가?

"부대장님~!"

"파이팅~!"

"버텨~!"

"끝까지 버텨~!"

하는 응원의 외침들이 잇따른다. 그런데 다음 순간이다. 청년 부대장의 몸이 빙글 도는가 싶더니, 어떻게 된 영문인지 모르게 그의 허리를 안아 올리던 자가 참호 밖으로 밀려나고 만다. 느닷없는 노릇이다. 밀려난 자도 믿기지 않는지 헛웃음을 짓는 중에, 구경꾼들의 응원은 환호로 바뀐다.

"와아아~!"

일방적인 응원

생각지 못했던 반전이다. 그것은 그저 요행이나 우연일 뿐일 수도 있다. 그러나 어쨌든 가능성이 전혀 없어 보이던 최약체가 다시 생존의 한 단계를 더 나아갔다는 것은, 지켜보는 모두에게 묘한 희열을 주는 데가 있다.

"대~장!"

"대~장!"

응원에 환호가 합쳐진 구경꾼들의 외침은 이제 간단한 구호처럼 일치된다.

한 명이 줄어든 참호 안의 양상은 여전히 치열하다. 처음부터 가장 돋보이던 우람한 체격의 한 명이, 아래에서부터 청년 부대장의 양다리를 그러모아 잡고서는 위로 뽑아 올리고 있다. 그리고 다른 한 명은 숫제 참호의 테두리에 걸터앉아서는 청년 부대장의 양 겨드랑이 밑을 잡아 위로 끌어 올린다.

그리하여 이윽고는 청년 부대장의 몸이 공중으로 들리며 곧장 참호 바깥으로 내동댕이쳐지려는 순간이다. 그런데 그때다. 참호 테두리에 걸터앉았던 자가 돌연히 균형을 잃고 휘청거리더니, 그만 제풀에 그러는 듯이 참호 바깥으로 넘어가고 만다.

"와아아~!"

"대~장!"

"대~장!"

환호와 응원의 구호가 다시 한바탕 요란하다. 완전히 일방적인 응원이다.

최후의 일인

'이럴 수도 있나?'

그런 생각이 들 정도로 요행에 요행이 겹치고, 우연에 우연이 또 겹친다 싶다.

그러나 어쨌든 마지막까지 오고야 만 것이다.

그리고 이제 한 번의 요행이랄지 우연만 더 겹친다면, 누구도 생각지 못했던 그야말로 대반전의 결과가 나오게 되는 것이다.

참호에는 이제 둘만 남았다.

최후의 일인을 가릴 마지막 일대일의 승부만이 남은 것이다.

가볍게! 아주 가볍게!

예의 그 처음부터 돋보이던 우람한 체격이 성큼 청년 부대장을 향해 다가선다.

"대~장!"

"대~장!"

"대~장!"

연호되는 응원 구호가 마치 사이비 집단의 열광처럼 뜨겁다. 그런데 다음 한순간이다. 그처럼 열광적이던 응원 소리가 일시에 조용해진다.

청년 부대장이 갑자기 그 우람한 체격의 상대를 번쩍 어깨

위로 들어 올리는 광경 때문이다.

이어 그는 어깨 위의 상대를 사뿐히 참호 바깥에다 내려놓는다.

가볍게! 아주 가볍게!

만족도는 오히려 크다

참호전 훈련을 끝낸 무명부대원 스무 명이 일제히 수영장으로 뛰어든다. 그러자 폭 15미터에 길이가 50미터쯤이나 되는 수영장의 깨끗하던 물이 금세 황토색으로 뿌옇게 혼탁해지고 만다.

격의 없이 서로 장난도 치면서 몸을 씻겨주기도 하는 부대원들의 모습에 오상식 중령은 만족스럽다. 그가 의도했던 결과가 바로 이런 것이라고 하겠다.

다만 그 결과의 중심이 그가 되기보다는 엉뚱하게도 청년부대장이 깜짝 주인공이 되었다는 점은, 그가 미처 계산하지 못했던 부분이다.

그러나 그의 만족도는 오히려 크다. 그가 비전투 지휘관과 전투 지휘관으로 역할을 분담하여 부대를 운영해야겠다고 생각한 건, 어쩔 수 없는 선택일 뿐이다. 만약 그런 분담의 비율을 축소시킬 수 있다면, 그 축소의 폭을 크게 키울수록 최선이 될 것이다. 물론 그런 기대를 벌써부터 크게 가지기에는 섣부르다고 하겠지만!

군에서 제일 높은 계급

"대장님!"

오상식 중령이 부르는 소리에, 청년 부대장은 조금 뒤늦게야 그것이 자신을 부르는 소리라는 것을 알아챈 듯하다. 그가 가볍게 어깨를 으쓱하며 반응한다.

"그런 호칭은… 좀 어색한데요?"

오상식 중령이 또한 짐짓 어깨를 으쓱하며 받는다.

"부대장님께선 부대원들에 대해 성과 계급으로만 호칭하겠다고 하셨습니다. 그런데 부대원들이 부대장님을 부르는 호칭에는 좀 애매한 점이 있는 것 같습니다. 군에서는 흔히 상관에 대해 중령님! 대령님! 하고 계급으로 부르던지, 아니면 대대장님! 연대장님! 사령관님! 하고 직책으로 부르는 게 익숙합니다. 아까 참호전 훈련 때도 부대원들이 처음에는 부대장님! 이라고 외치다가, 그게 어색하니까 금방 대장님! 으로 바뀌지 않았습니까?"

오상식 중령이 잠시 말을 끊고 주위를 한번 돌아보는 것으로 부대원들의 시선을 모은다. 그러고는 빙그레 웃어 보이며 다시 말을 이어간다.

"그래서 말씀입니다만… 기왕에 부대원들이 한마음으로 외쳤던 것이고도 하고, 또 어차피 우리 부대원들끼리만 부를 호칭인데, 좀 통 크게 놀아도 상관없지 않겠습니까? 대장님!"

그러고는 오상식 중령이 부대원들을 향해 목소리를 키운다.

"어떤가? 제군들!"

그 노골적인 충동에는 부대원들이 즉각 반응한다.

"좋습니다!"

"옳소!"

"대장님! 만세!"

그런 데야 청년 부대장이 짐짓 못 이기는 체를 하며

"대장이면, 중령보다는 확실히 높은 겁니까?"

하는 농담으로 받아들인다.

"물론입니다. 대장은 군에서 제일 높은 계급입니다, 대장님!"

오상식 중령이 슬쩍 '대장님!'을 강조한다.

그는 바로 조태강이다

어둠이 깔리기 시작하는 오후 7시! 버스 한 대가 안가로 들어서자, 대기하고 있던 무명부대원들이 신속히 탑승한다.

모두 가벼운 차림들이다. 무기나 군용 장비로 짐작될 만한 짐은 없고, 차림도 그냥 평상복들이다. 어쩔 수 없이 비장해진 그들의 기색이 아니라면, 무슨 단체 여행객들이라도 되는 것 같다.

열여덟 명의 부대원들이 모두 탑승을 완료하고 나서, 오상식 중령이 자신과 함께 마지막으로 남은 한 사람에게 권한다.

"타시죠! 대장님!"

'대장님!' 소리가 아직은 익숙하지 않은 듯이 그가 희미하게 웃는다. 그가 타고, 뒤따라 오상식 중령이 차에 오르며,

"무명부대 전원 탑승 완료!"

하고 나직이 보고하는 것을 신호로, 버스가 조용히 출발하며 어둠 속을 미끄러져 나간다.

그! 무명부대원들로부터 대장님 소리를 듣는 그는 바로, 조태강이다. 그리고 김강한이다.

제5장
—
전쟁

이동

  무명부대원들이 탄 비행기가 서울을 출발해서 중간 기착지
를 경유하고 이라크 아르빌 공항에 도착하기까지는 16시간이
넘게 걸렸다. 어둠이 내린 아르빌 공항에는 주이라크 한국 대
사관의 무관이 미리 와서 기다리고 있다가 그들을 안내한다.
  그들이 탄 차량은 아르빌에서 쿠르드족 자치 구역을 따라
시리아 국경선을 넘고, 다시 IS의 근거지인 알부 카말과 근접
한 지역까지 이동한다. 거기에서 그들은 일단의 쿠르드족 전

사들과 접촉한다.

배급

무명부대는 쿠르드족으로부터 무기와 장비를 배급받는다. 무관의 설명으로는 예전 이라크 평화 재건 사단으로 파견되었던 대한민국의 자이툰 부대가 철수하면서 쿠르드족에게 부대 부지와 대부분의 건설 장비 등을 넘겨주었던 인연으로 도움을 받는 것이라고 한다.

배급품들의 범위는 마치 특수작전을 미리 염두에 두기라도 한 것처럼 상당히 전문적이고도 세밀하다. 권총과 기관단총 등의 개인화기! 유탄발사기와 로켓포, 굴절총, 산탄총, 저격총 등의 특수전 화기! TNT/C4를 포함하는 고성능 폭약류! 야간 투시경과 방독면! 내부 통신용 위주의 통신 장비! 그리고 응급 수술 도구와 비상 약품류에 야전 복장까지를 포괄적으로 아우르고 있다.

그리고 그것들이 모두 미국산이라는 점에서는, 그것을 단순히 과거 한국 파병 부대가 쿠르드족에게 베푼 도움과 우의에 대한 보답이라고 보기는 어렵다고 하겠다.

필시 미국 측의 개입이 있었던 것이리라! 다만 그들이 개입했다는 사실이 외부로 노출될 것을 엄밀히 경계하여, 비공식적으로 지원을 하고 있는 쿠르드족을 대신 나서게 한 것이리라!

어쨌든 배급받은 무기와 장비의 수준은 무명부대원들이 각오했던 것에 비해서는 사뭇 만족스럽다. 비록 손끝으로 느껴지는 익숙한 감이 덜하다는 것은 아쉽지만, 그들이 평소 다루던 것들과는 동일 계열이라고 할 수 있으니 사용하는 데는 별 어려움이 없다.

틀린 계산

"여기서부터는 본격적으로 IS의 장악하에 있는 지역입니다. 그리고 제게 주어진 임무는 여기까지입니다."

그 말을 하면서 무관은 마치 죄라도 지은 듯한 기색이다. 더 이상 함께하지 못한다는 데 대해서일 것이다. 그러나 그가 미안해할 것은 또 없는 것이리라! 그 역시도 자신에게 주어진 임무에 충실한 것일 테니까! 그리고 어쨌든 여기까지 무명부대와 동행한 것만으로도, 그가 하필이면 이 시점에 주이라크 대사관의 무관 신분이 아니었다면 겪지 않았어도 될, 상당한 위험을 감수한 것일 테니까!

"인질들이 억류되어 있을 것으로 판단되는 위치는 여기에서부터 속보로 다섯 시간 정도가 소요된다고 하고, 쿠르드족 전사 한 사람이 끝까지 안내를 해줄 것입니다."

무관의 그 말에는 김강한이 불쑥 묻는다.

"그 위치에 대한 GPS 좌표 같은 건 없습니까?"

"GPS 좌표요?"

무관이 반문하면서 뜬금없다는 기색이다.

"예! 인공위성으로 읽는 좌표 말입니다."

김강한의 그 말에는 오상식 중령도 이윽고 의아하다. 물론 김강한의 의중은 짐작하겠다. 즉, 이제부터는 적진 속으로 들어서는 것이니 언제 전투 상황이 벌어질지 모른다. 그런 중에 안내를 맡은 쿠르드족 전사의 신변에 문제라도 생긴다면? 무명부대로서는 목표 지점을 찾아갈 방법이 없어지는 셈이다. 그럴 때를 대비하여 목표 지점의 위성 좌표를 확보해 두자는 계산이리라!

그러나 그런 계산은, 틀린 계산이다.

막상 위성 좌표를 확보한다고 한들 소용이 없는 것이다. 현재 그들에게는 위성 좌표를 추적해 갈 아무런 장비도 없으니 말이다. 그러고 보니 뒤늦게 아쉽기는 하다. 그들이 배급받은 '특수작전을 미리 염두에 두기라도 한 것처럼 상당히 전문적이고도 세밀한 무기와 장비들' 중에 GPS 관련 장비는 왜 빠져 있는지!

만능(萬能)이

물론 김강한은 능이를 믿고서 해보는 계산이다.

다만 정말로 능이에게 위성 좌표를 활용하여 길을 찾는 기능이 있는지는 그로서도 미리 확인해 본 바는 없다. 그냥 가능하리라고 믿는 것일 뿐이다.

그렇듯이 요즘에 들어 그가 능이에 대해 가지는 신뢰는 그냥 '능(能)이'가 아니라, 거의 '만능(萬能)이'라고 여기는 정도로 되어 있는 중이다. 그 정도로 능이는 못 하는 게 없고 막히는 것도 없다.

하긴 그가 그렇게 '만능'이 필요할 정도로 능이의 능력을 필요로 하거나 요구한 바도 없기는 하다. 그저 일상생활의 편리를 위해 이런저런 잡다한 일이나 시켜봤을 뿐이다.

무색하게

무관이 쿠르드족 전사에게 확인해 본 결과는, 오상식 중령과 김강한의 모든 짐작과 계산들을 간단히 무색하게 만들어 버린다.

한마디로 빠삭(?)하단다. 즉, 눈을 감고도 활보할 수 있는 지역인데, 그런 게 왜 필요하냐고 오히려 의아해한단다. 그리고 결론적으로 쿠르드족 쪽에서는 위성 좌표 같은 건 가지고 있지 않단다.

목표 지점

무명부대는 근 다섯 시간여 동안이나 사막을 행군하고 있는 중이다. 가도 가도 보이는 건 별빛에 어슴푸레 누른빛으로 끝없이 펼쳐지는 모래의 천지일 뿐이다.

빠른 행군 탓에 부대원들의 몸은 진작부터 땀에 흠뻑 젖었다. 오한이 들 만큼 춥다는 사막의 밤 기온이 무색할 지경으로!

그때다. 부대원들로부터 십여 미터를 앞서가던 쿠르드족 전사가 문득 전진을 멈추더니, 비스듬하게 경사를 이룬 모래언덕 아래로 몸을 엎드린다. 오상식 중령의 수신호에 의해 부대원들이 또한 신속하게 모래언덕 아래로 몸을 숨기며 포진한다. 쿠르드족 전사가 몸을 숨긴 채로 앞쪽을 가리킨다. 그런 그의 몸짓과 표정만으로도 이윽고 목표 지점에 당도했다는 것이리라!

멀리 이백여 미터 앞쪽! 사막 한가운데에 구릉이랄지 둔덕이랄지 나지막한 모래언덕으로 삼면이 둘러싸인 아담한 분지 형태의 지형이 보인다. 분지 안에는 한국으로 치자면 작은 면

소재지 규모쯤의 마을이 자리 잡고 있다. 이삼백 채 정도의 단층짜리 가옥들이 군집해 있는 사이로 삼사 층 높이의 철골 콘크리트 구조로 보이는 건물들도 서너 채가 보인다.

난감한 문제

쿠르드족 전사가 오상식 중령을 향해 손짓과 표정을 섞어 가면서 뭐라고 말을 건넨다. 아마도 인질들이 억류되어 있는 상세 위치를 특정해 주는가 싶어서, 오상식 중령이 신경을 곤두세운다. 그런데 아니다. 말을 알아들을 수는 없더라도, 손짓과 표정만으로도 쿠르드족 전사가 전하고 싶은 의사 표시는, 자신의 역할은 여기까지이니 이제 그만 돌아가겠다는 것쯤으로 짐작이 된다.

오상식 중령의 얼굴로 대번에 난감한 당혹감이 떠오른다. 마을 하나를 통째로 덜렁 가리키고는, 제 할 일은 다 끝났으니 그만 돌아가겠다고? 차라리 황당한 노릇이다. 고작 스무 명의 무명부대가 꽤나 넓은 범위로 분산해 있는 이삼백 채에 달하는 가옥과 건물들 모두를 일일이 수색을 한다는 건 도저히 가능하지 않은 노릇이다. 그러니 콕 찍어 특정은 못 하더라도 적어도 '군집된 십여 채 중에서 하나!'라는 정도로는 범위를 좁혀 주어야, 무명부대로서도 작전을 펼쳐볼 수 있을 것이다.

그런데 뭐라고 구체적으로 물어보고 따져도 봐야겠는데, 이건 도대체가 말이 안 통하니 답답하기 짝이 없다. 사실 통역을 맡았던 대사관의 무관이 돌아간다고 했을 때부터, 쿠르드족 전사와의 의사소통에 대해 걱정을 안 했던 건 아니다. 그러나 다른 대안이 딱히 있는 것도 아니었던 데다 목표 지점을 육안으로 식별할 수 있는 지점까지 안내를 해주겠다기에 그 말만 믿었었다. 그리고 여기까지 오는 동안에도 별문제가 없었다. 쿠르드족 전사를 그냥 따라가기만 하면 되었으니 말이다. 그런데 결국 막판에 이런 난감한 문제가 생기고 만 것이다.

또 다른 누군가가 말하는 소리

쿠르드족 전사가 낮은 자세로 몸을 일으키며 곧장 뒤로 빠지려는 때다.

"이봐, 멈춰!"

오상식 중령이 나지막이 외치며 급한 대로 쿠르드족 전사의 앞을 가로막는다. 여차하면 총까지도 겨눌 태세다. 일단 그래 놓고는 오상식 중령이 김강한을 본다. 물론 이 황당하고도 난감한 상황에서 부대장이라고 무슨 뾰족한 수가 있을 거라고 기대해 볼 건더기는 없을 터다. 그러나 어쨌든 부대장으로서 무슨 결정이라도 내려주기를 바라는 심정에서다.

"저곳 마을의 가옥과 건물들 중에서 인질들이 갇혀 있는 위치가 구체적으로 어디요?"

김강한이 쿠르드족 전사에게 묻는다. 그리고 그 태연한 한 국말에는 오상식 중령이 잔뜩 미간을 좁히고 만다. 부대장 또 한 답답한 심정인 줄은 짐작을 하고도 남는 바이지만, 그렇다 고 쿠르드족 전사가 한국말을 알아들을 수는 없는 노릇이 아 닌가 말이다.

그런데 그때다. 또 다른 누군가가 말하는 소리가 들린다. 오상식 중령이 그것을 '또 다른 누군가가 말하는 소리'라고 곧 바로 단정한 것은, 그것이 비록 부대장의 목소리와 사뭇 비슷 해서 마치 부대장이 말하는 것처럼 들리기는 해도, 막상 부대 장은 입도 뻥긋하지 않고 있다는 것을 바로 옆에서 보고 있는 때문이다. 거기에다 그것이 한국말이 아니고, 얼핏 듣기에 쿠 르드족의 말 같다는 데서는 더욱이 그렇다.

그런데 다시 그때다. 쿠르드족 전사가 크게 놀라는 표정으 로 되는데, 마치 그 '또 다른 누군가'의 말을 알아듣는 것 같 다. 이어 그는 대답을 하는 것처럼 뭐라고 말을 하는데, 그러 자 '또 다른 누군가'의 목소리가 곧바로 반응한다.

"내가 상부로부터 받은 지시는 저곳 마을을 육안으로 식별 할 수 있는 지점까지만 당신들을 안내해 주고 돌아오라는 게 전부요. 인질들이 억류되어 있는 상세한 위치에 대해서는 나도 아는 바가 전혀 없소."

놀랍게도 이번에는 한국말이다. 그리고 아마도 쿠르드족 전사의 말을 통역하는 것 같다. 오상식 중령의 놀란 눈빛이 김강한을 주시한다. 어찌 된 노릇인지를 묻는 것이리라!

김강한이 슬쩍 자신의 왼손을 들어 보인다. 손목에 채워진 능이를 보여주는 것이다. 물론 그것만으로 오상식 중령의 의문을 풀어줄 수는 없는 노릇이겠지만, 그렇다고 더 이상의 장황한 설명을 덧붙일 계제는 또 아닐 것이다.

김강한이 쿠르드족 전사에게 두어 번의 질문을 더 해본다. 그러나 쿠르드족 전사의 대답은 일관된다. 그런 데서 능이의 통역에 별다른 오역은 없다는 것일 터다. 또한 그런 데서는 쿠르드족 전사에게서 얻어낼 대답이 더는 없다는 것이리라!

실감

어슴푸레한 어둠 속으로 쿠르드족 전사의 모습이 사라지고 있다. 그의 모습이 완전히 사라질 때까지 무명부대원들은 그저 망연한 시선으로 바라만 보고 있다.

땀에 젖은 온몸으로 문득 으스스한 한기가 엄습해 든다. 그제야 모두는 실감한다. 오한이 들 만큼 춥다던 사막의 밤

기온을! 위장 전투복의 옷깃을 잔뜩 여미고 모래언덕에다 바짝 등을 붙이자 희미하나마 일말의 온기가 전해지는 듯하다. 뜨거웠던 한낮의 지열이 아주 조금쯤은 남아 있는 걸까? 혹은 그런 기대가 주는 착각일 뿐일지도 모르겠다. 처연해지는 심정에 밤하늘을 올려다보니 무언가 시야를 가득 채우며 쏟아져 들어온다. 순간,

'아아!'

어쩔 수 없는 감탄이 잔뜩 날을 세우고 있는 긴장의 실낱같은 틈새를 비집고서 새어 나온다. 밤하늘에서 수억 개의 별빛이 쏟아져 내리고 있다. 오랜 옛날로부터 알려져 온 모든 별자리가 지금 저 밤하늘에 다 모인 것만 같다. 그 아름다운 광경이란 '찬란하다!'라는 말을 더해도 여전히 형용이 부족하다. '위대하다!'라는 수사를 다시 더해볼까? 그러나 감탄과 찬사는 잠깐이다.

휘잉~!

한 무리의 바람이 모래언덕을 쓸고 지나간다. 뺨이 따갑다. 보이지는 않지만, 모래 알갱이가 피부를 때리고 지나가는 것이리라! 무명부대원들은 다시금 실감케 된다. 젖은 몸을 파고드는 한기와는 또 다른 실감이다. 싸하니 밀려드는 그것은, 차라리 섬뜩함이다. 이제부터야말로 그 어떤 아군도 우군도 기대할 수 없는 머나먼 타국의 적지에 덜렁 그들만 내던져졌다는

절박한 긴장이다. 당장에 목표 지점마저 특정할 수 없게 되었다는 절망적 위기감이다.

날이 새기 전에 어떻게든

오상식 중령은 모래언덕 아래로 몸을 숨긴 채로 앞쪽 분지 마을의 형세를 자세히 살핀다.

경계가 삼엄하다. 분지를 이루는 삼면의 구릉 위로는 오십여 미터 간격으로 경계초소들이 있다. 유일하게 트인 분지의 정면에는 중첩으로 설치된 차단기와 방호벽이 출입로를 가로막고 있다. 또 그 주변으로 놓인 몇 동의 컨테이너 건물에는, 적어도 수십여 명의 병력이 머물고 있는 것으로 보인다.

분지의 사방은 광활하게 트인 사막이다. 밤이라고는 해도 별빛에만 의지해서도 다가드는 물체의 식별이 어렵지는 않을 터이니, 침투는커녕 가까이 접근조차 해볼 방법이 없다.

그러나 어떻게든 방법을 강구해 내야만 한다. 날이 새기 전에 어떻게든!

우회적인 설명

김강한은 부대원들에게 현 위치에서 대기하고 있을 것을

지시한다. 그 혼자 움직이려는 것이다. 그러나 그의 의중을 곧
바로 간파한 오상식 중령이 즉각 만류하고 나선다.

"대장님 혼자 움직이시는 건 안 됩니다."

그것이 반발이나 이의를 제기하는 것이라기보다는 염려임
을 알지만, 김강한이 차분하게 받는다.

"일단 인질들의 정확한 소재부터 탐색해야 작전의 방향을
정할 것 아닙니까? 그리고 지금 상황에서 적진을 탐색하는 데
는 나 혼자 움직이는 게 가장 효과적입니다."

김강한의 우회적인 설명이다. 사실은 '효과적'이 아니라, 그
혼자 움직일 수밖에 없는 상황이라고 해야만 할 것인데 말이
다. 어쨌거나 김강한의 기색이 사뭇 단호하다는 데서 오상식
중령은 더 이상의 토를 달지 못한다. 그런 그에게 김강한이 가
볍게 고개를 끄덕여 보이고는 곧장 모래언덕을 넘는다.

감히 기대해 보는 심정

앞으로 나아가는 김강한의 모습을 눈으로 쫓던 중에, 오상
식 중령은 이내 당황한 기색으로 되고 만다. 잠깐 사이에 김
강한의 모습이 시야에서 사라지고 만 때문이다. 분지 마을까
지는 딱히 몸을 숨길 수 있는 은폐물도 없는 터다. 더욱이 그
가 긴장한 시선을 떼지 않고 있던 중인데, 어느 순간에 홀연

히 사라져 버린 것이다.

오상식 중령이 당황한 기색 그대로 옆을 돌아본다. 그러자 야간투시경을 착용하고 있던 이 중사가 역시 당혹스러운 기색으로 가만히 고개를 가로젓는다.

시야에 잡히지 않으니 부대원들 모두가 청력에 온 신경을 집중할 수밖에 없다. 그러나 한참을 기다려도 찬란한 별빛 아래의 어슴푸레한 사방은 여전히 고요하고 적막하기만 하다. 구릉 위의 적(敵) 경계초소들에서도, 정면 출입로의 병력들에게서도 어떤 소요도 동향도 감지되지 않는다.

오상식 중령은 문득, 아니, 감히 기대해 보는 심정으로 된다. 비전투 지휘관에 불과한 그의 직속상관이 무사히 침투에 성공했을 가능성을!

은잠결(隱潛訣)

희미한 그림자 하나가 분지 마을을 둘러친 삼면의 구릉 중 왼쪽의 구릉을 슬그머니 넘어간다.

천공행결(天空行訣)의 은잠결(隱潛訣)을 펼치고 있는 김강한이다.

좌우로 각 이삼십 미터의 거리에 있는 경계초소들에서 대여섯 명씩의 병력들이 사뭇 삼엄한 경계를 펼치고 있는 중이지만, 누구도 김강한의 침투를 발견하지는 못한다.

설령 어떤 낌새를 발견했다고 하더라도, 어슴푸레한 모래 바닥 위를 유유하고도 표연하게 지나가는 희미한 그림자에 대해서야, 그저 잠시간 별빛을 가리며 흐르는 조각구름의 그림자쯤으로나 여겼을 법하다.

다른 이유를 생각해 보기 어려운 노릇

김강한은 이윽고 분지 마을 안으로 접어든다. 마을의 주요 골목마다에는 중화기로 무장한 병력들이 배치되어 있다. 그런 데서 마을 안의 경계는 분지 외곽의 그것보다 확연히 삼엄하다.

이곳이 IS의 사령부라거나 중요 군수기지라거나 혹은 군사적 요충지라거나 하는 등등의 정보는 전혀 없었다. 그리고 지금 육안상으로 탐색해 보고 있는 바로도, 그런 쪽으로의 면모는 전혀 보이지 않는다. 그저 사막 한가운데의 외딴 분지에 위치한 작고 평범한 마을에 불과할 뿐이다.

그런데도 지금 이런 정도의 병력이 집결하여 삼엄한 경계를 펼치고 있는 것에 대해서는, 역시 이곳에 인질들이 억류되어 있으리라는 짐작과 판단 외에는 다른 이유를 생각해 보기 어려운 노릇이다.

숫자가 모자란다

김강한으로서도 이삼백여 채에 달하는 마을의 모든 가옥과 건물들을 수색할 수는 없는 노릇이다. 그는 일단 근처에 있는 3층 건물로 숨어든다. 그리고 건물 옥상으로 올라가 자리를 잡고는 외단을 넓게 확장시킨다.

그런데 그가 위치한 건물을 포함해서 마을의 가옥들 대부분이 비어 있다. 그렇다면 이 분지 마을에는 아예 주민들이 거주하지 않고 IS의 병력들만 주둔하고 있는 것일까?

그러던 중이다. 문득 한곳에서 사람들의 움직임이 감지된다. 북서쪽으로 직선거리 백 미터쯤에 있는 4층 건물이다. 이전에 폭격이라도 받았는지 반쯤 부서진 형상인데, 그렇게 되기 전에는 아마도 마을에서 가장 크고 높은 건물이었으리라! 사람들의 기척이 감지되는 곳은 그 건물의 지하쯤이다. 지하에 제법 넓은 공간이 있는 듯하고, 대략 삼십여 명의 존재가 느껴진다.

'숫자가 모자라는데······?'

김강한이 설핏 그런 의문을 가져본다. 피랍된 특별 전세기에는 모두 육십여 명이 타고 있었고, IS가 억류하고 있다고 밝힌 인질의 숫자 또한 그렇다.

그러나 어쨌건, 현재로서 가능성이 있는 곳은 저곳밖에 없다. 어쩌면 IS는 인질들을 두 그룹쯤으로 나누어, 각기 다른 장소에다 격리시켜 두고 있는지도 모를 일이다.

교토삼굴

가까이로 가서 보니 그 4층 건물의 부서진 정도는 거의 폐허의 수준이다. 더욱이 건물의 지하로 내려갈 만한 입구나 통로는 아예 보이지도 않는다. 원래 있었더라도, 완전히 파괴가 된 것이리라! 당연히 건물과 그 주변을 경비하는 병력도 없다. 그런데 건물의 지하로부터 감지되는 기척은 여전하다. 뭔가 특이하달 만한 상황이 있다는 것이리라!

그런 중에 설핏 김강한의 주의를 끄는 곳이 몇 군데 있다. 정확히는 세 군데다. 지하에서 기척이 느껴지는 그 4층짜리 폐허 건물을 중심점에다 두고, 직선거리로 대략 삼사십 미터 정도의 반경을 가지는 가상의 원상(圓上)에 위치하는 건물들 세 곳이다.

그 세 개 건물들의 입구와 주변에는 모두 삼엄한 경계가 펼쳐지고 있다. 각기 수십 명에 달하는 병력에다, 건물로 통하는 입구와 옥상에는 중기관총 진지까지 구축되어 있다. 그런 걸로 봐서 지금까지 봐온 다른 곳들처럼 마을의 주요 경로를 지키는 차원이 아니라, 해당 건물들 자체를 방어하겠다는 목적이 뚜렷해 보인다. 다만 그럼에도 그 세 곳 건물들 내부에서는 어떤 기척도 감지되지 않는다. 즉, 텅 비어 있다는 것이리라!

'그렇다면 저 삼엄한 경계는 과연 무엇을 지키기 위한 것일까?'

그런 의문에 이르러서는 김강한이 퍼뜩 떠오르는 것이 있다.

'교토삼굴?'

교활한 토끼는 굴을 세 개나 파놓는다고 한다. 즉, 그 세 개의 건물들이야말로 인질들이 억류되어 있는 예의 4층짜리 폐허 건물의 지하로 통하는 출입구 내지는 통로가 되는 것이리라! 그리하여 인질들을 구출하려는 어떤 시도나 공격에 대해, 기만하고 혼란을 주려는 것일 터다.

'어떻게 한다?'

세 군데 건물 중의 하나를 우선 택해 공략할 것인지에 대한 고민이 생긴다. 그러나 그가 답을 내는 데는 오래 걸리지 않는다.

최우선시되어야 할 것은 적들을 격파하는 것이 아니다. 어떤 상황에서도 인질들의 안전부터 확보하는 일이다. 그런 점에서 그 혼자로는 역부족이다. 이제부터야말로 무명부대의 본격적인 역할이 필요한 시점인 것이다.

허를 찔린 심정

모래언덕 너머에서 불쑥 모습을 드러내는 무언가에 대해 무명부대의 총구가 화들짝 집중된다. 그러나 오상식 중령이 곧바로 다급한 소리를 토해낸다.

"대장님!"

김강한이다. 갈 때 홀연히 사라졌던 것처럼, 기척도 없이 불쑥 돌아온 것이다.

"인질들의 소재는 파악됐습니다."

김강한의 그 말에 오상식 중령과 부대원들 사이에서 나직한 탄성들이 새어 나온다. 김강한이 이어 부대원들에게 분지마을 내의 상황에 대해 요약하여 설명한다.

"이제 어떻게 해야 되는 겁니까?"

질문하는 오상식 중령의 얼굴에 무거운 긴장이 서린다.

"속전속결!"

김강한이 짧게 대답한 뒤, 짐짓 싱긋하니 미소를 보이며 덧붙인다.

"그래서 말씀입니다만… 이제부터 본격적으로 전투 상황에 돌입하게 될 텐데, 아무래도 오 중령이 부대의 지휘를 맡아줘야겠습니다."

그 말에는 오상식 중령이 순간 허를 찔린 듯이 움찔하는 심정으로 되고 만다. 무명부대의 이번 임무가 가지는 특수하고도 복합적인 특성상 부득이하게 정보기관의 젊은 엘리트 관료가 부대장 직책을 맡게 되었을지라도, 막상 전투 상황이 벌어졌을 때의 지휘관 역할은 그 자신이 수행할 수밖에 없으리라고 처음부터 각오를 가졌던 바가 아니던가?

하고 싶다고 해도 역량이 되지 않는 부분

"그건 안 될 말씀입니다. 군은 어떤 경우에도 명령체계에 따라 움직여야 하고, 무명부대의 지휘관은 대장님이십니다. 그러니 명령을 내리십시오. 따르겠습니다."

그것은 오상식 중령 자신으로서도 깊게 생각해 보지도 않은 채 불쑥 튀어나온 말이다. 긴박한 상황이 주는 감흥 탓이었을까? 어쨌거나 그가 미처 정리되지도 않은 말을 뱉고 난 다음의 당황과 어색함이 없을 수는 없는데, 김강한이 짐짓 정색을 만들며 말을 받는다.

"그렇군요. 무명부대의 부대장은 나군요. 좋습니다. 자! 그럼 명령을 내리겠습니다. 이제부터 별도의 명령이 다시 없는 한, 무명부대는 오 중령이 전적인 책임과 권한을 가지고 지휘

통솔합니다. 나는 단독으로 움직일 거니까, 그렇게 아시고! 이
상 명령 끝!"

오상식 중령이 더욱 당황스럽다. 그러나 어쨌거나 기왕에도
충분하다고 할 만큼의 고민은 이미 있었던 터다. 그리고 이제
명령으로까지 하달을 받았으니, 지금 부대가 처한 긴박한 상
황에서 더 시간을 끌 수는 없는 노릇이다.

"중령 오상식! 명령에 따르겠습니다."

김강한을 향해 거수경례를 해 보인 오상식 중령이 바로 이
어 부대원들에게 명령을 하달한다.

"지금부터 두 개 조로 나눈다! 여기 이 중사부터 거기 유
하사까지 열 명은 1조로 내 지휘하에 선두를 개척한다! 나머
지 아홉 명은 2조다! 박 상사의 지휘하에 후미를 맡아 전투
상황에서 1조를 지원하고, 긴급 상황에서는 퇴로를 확보한다!
이상! 질문 있나?"

잠시의 틈을 두고, 박 상사가 대표로 복명한다.

"없습니다."

김강한은 인정할 수밖에 없다. 오상식 중령의 베테랑 지휘
관다운 노련하고도 능숙한 지휘 통솔력에 대해! 그로서는 하
고 싶다고 해도 할 수 있는 역량이 되지 않는 부분이기도 하
다.

무명부대는 촉발의 돌격 태세에 있다. 기관단총의 안전장치를 풀고 자동 모드로 맞춘 1조가 오상식 중령의 명령을 기다리고 있다. 그러나 전방의 적진까지는 은폐할 것 하나 없이 활짝 트인 시야의 개활지(開豁地)다. 1조가 이대로 무작정의 돌격을 감행한다면, 적들의 집중사격에 궤멸당하고 말 것은 그야말로 명약관화다.

"후우~!"

김강한은 가만한 한숨을 길게 불어 내쉰다. 이제부터 벌여야만 할 한바탕의 살육전에 대한 참담함이다. 살인! 사람이 사람을 죽인다는 것! 살인은 살인을 하는 사람에게도 치명적인 상흔을 남긴다는 것을 그는 이미 경험으로 알고 있다. 비록 그 상흔이 당장에는 미미한 데 불과할지라도, 깨닫지 못하는 중에 영혼을 피폐하게 만든다는 것을! 그리하여 결국에는 스스로의 최후를 비참하게 만들고 말리라는 것을!

그러나 이것은 이미 전쟁이다. 인간이 인간답지 않아질 수밖에 없는 광기와 광란의 장(場)인 것이다. 어떤 이유와 명분으로 시작되었건, 일단 전쟁인 이상에는 살인을 피할 수는 없다.

턱도 없는 소리

오상식 중령은 쏘아보듯이 김강한이 있는 쪽을 응시하고 있다. 지휘권을 인계받았음에도, 전투의 시작 명령만큼은 부대장에게서 받아야겠다는 것일까?

김강한은 조용히 몸을 일으킨다. 순간 그도 모르게 시리도록 차가운 한 가닥의 살기가 돋아나며 그의 전신을 관통한다. 이어 등골을 치달리는 소름에 그가 지레 움찔하며,

"제기랄!"

하고 나직한 소리로 뱉고 만다. 그저 혼잣말로 입속에서만 중얼거린 소리다. 그러나 바늘 끝 같은 긴장 상태에 있던 부대원들의 주의가 일제히 그에게로 집중된다. 그 민망함 때문에라도 그가,

"이럴 때 포격 지원 같은 것 좀 해주면 안 되나?"

하고 다시금 혼잣말인 듯이 괜스레 투덜대 본다. 물론 턱도 없는 소리다.

지금 그 말 확실하냐고?

"MSS는 아직 불완전하지만, 현재로서도 제한적인 활용은 가능합니다."

불쑥 김강한의 귓속을 울리는 소리가 있다. 능이다. 그저 해본 그의 투덜거림에 대해 반응이라도 하는 걸까? 김강한이 다시금 부대원들의 눈치를 보지 않을 수 없어서, 손목을 입에다 바짝 붙여 속삭이듯이 묻는다.

"MSS라니, 무슨 소리야?"

"초소형 위성 체계입니다."

능이의 대답이 즉각 돌아온다. 그러고 보니 김강한도 기억이 난다. 최유한 박사의 3대 프로젝트 중의 하나! 그가 솔깃해지는 느낌으로 다시 묻는다.

"그게 제한적인 활용이 가능하다는 건, 또 뭔 소리야?"

"MSS의 초소형 위성 1기가 현재 시각 이곳 상공의 지구궤도를 통과하고 있습니다. 그리고 해당 위성이 태양광으로 축적하고 있는 에너지와 인접 궤도에 위치한 다른 위성들의 에너지를 연계 전송으로 병합시키면, 5kg TNT급의 광선포를 약 15회 전후로 발사할 수 있습니다."

능이의 그런 설명은 김강한에게 여전히 생소하고 이해하기 어렵다. 다만 그가 최근에 최유한 박사로부터는 귓등으로나마 이런저런 얘기를 들은 바는 있다.

수백 개의 초소형 위성체를 실은 우주 발사체가 이윽고 처음으로 발사되었고, 그 초소형 위성체들을 지구 주위로 공전시키는 데 성공했다는 얘기! 그럼으로써 드디어 초소형 위성

체계의 시험 가동이 시작되었다는 얘기! 더불어서 여전히 제한적이기는 하지만 UAI 즉, 궁극적 인공지능이라는 것과의 연계도 본격적으로 시도되고 있다는 얘기! 등등이다.

"그러니까 뭐야……? 그 광선포라는 걸로 저 앞의 적 경계 초소와 진지를 때리는 게 가능하기라도 하다는 얘기야?"

"가능합니다."

"확실해……? 지금 그 말 확실하냐고?"

김강한이 재차 확인하는 말에 대해 능이가,

"가능합니다."

하고 똑같은 대답을 내놓는다.

차마 포기하지 못할 기대감

"포격 지원을 한번 요청해 보려고 합니다."

김강한의 그 느닷없는 말에 대해서는 오상식 중령이 차라리 모호한 표정으로 되고 만다. 물론 황당하기 짝이 없는 말이다. 지금 그들이 있는 곳은 중동의 시리아 땅이다. 더욱이 IS의 장악하에 있는 사막 한가운데다. 그런데 포격 지원 요청이라니? 도대체 어디에다 누구에게 요청을 한다는 말인가?

그러나 오상식 중령은 부대장의 그 말을 차마 무시해 버리지는 못한다. 만약 한 시간쯤만 전이었다면 그는 달랐을 것이다. 그래도 직속상관이라 면전에서 대놓고 무시하지는 못할지라도, 그저 긴장을 풀어준답시고 생각 없이 내뱉는 경솔한 농담쯤으로 치부하고 말았을 것이다. 이 젊은 부대장에게 '정보기관의 젊은 엘리트 관료' 이상의 어떤 놀라운 무엇이 있다는 것을 실감하지 못했을 때라면 말이다.

그러나 그는 이제 최소한의 믿음은 가지고 있는 중이다. 이젊은 부대장이 적어도 이런 촉발의 상황에서는 그저 쓸데없고 황당하기나 한 농담 따위는 하지 않으리라는 정도의 믿음은! 한 걸음 더 나아가, 그는 차마 포기하지 못할 기대까지를 가져보게 된다.

'혹시 사전에 미국 측이나 쿠르드족과 협조가 되어 있기라도 하단 말인가?'

물론 그로서는 전혀 알지 못하는 사실이다. 그러나 그럴 수도 있지 않을까?

아니, 제발 그러기를 바란다. 오상식 중령은 흘깃 밤하늘을 올려다본다. 마침 한 가닥의 빛줄기가 밤하늘을 가르며 낙하하고 있다. 유성이다.

'유성이 떨어지는 동안에 소원을 빌면 이루어진다던데……'

그가 그런 생각까지를 하게 되는 것은, 역시 간절함 때문이리라!

아니다

아니다! 오상식 중령이 본 그것은 유성이 아니다.

번~쩍!

밤하늘에서 지상을 향해 곧장 수직으로 내리꽂힌다는 점에서, 그것은 차라리 낙뢰의 섬광을 닮았다. 이어서,

쾅~!

그야말로 벼락 치는 굉음이 인다.

그리고 그 빛줄기가 내리꽂힌 지점에서는 한 무리 커다란 먼지의 장막이 자욱하니 일어난다.

돌격

번~쩍!

쾅~!

섬광과 굉음이 연이어지고 있는 중에, 오상식 중령은 놀라움을 금치 못하면서도 침착하게 전방의 상황을 주시하고 있다. 섬광은 놀라운 정확도로 적의 초소와 진지를 타격하고 있다. 섬광 한 번에 시설물 하나씩이 여지없이 파괴되고 있다. 분지 입구를 가로막고 있던 차단기가 완파되었고, 그 주변의 컨테이너들은 찢겨 나간 잔해로만 남았다. 뒤이어 구릉 위의

경비 초소들 몇 개도 완전히 파괴되었다. 자욱한 모래 먼지가 사방을 뒤덮은 중에, 적들에게서는 일대 혼란이 벌어지고 있다. 비명과 고함 소리, 그리고 누구를 향해 쏘는지 모를 총성들이 난무하고 있다. 더 이상 기다릴 이유는 없다. 오상식 중령은 이윽고 돌격의 수신호를 내린다. 그리고 그 자신을 선봉으로 한 1조가 일제히 앞으로 돌격한다.

타타타~탕!

타타타타~탕!

부대원들의 기관단총이 불을 뿜는다.

타~탕!

타타~탕!

적들이 대응사격을 가해오지만, 산발적일 뿐이다. 그 틈에 1조는 분지 입구의 목표 지점에 도착하여 엄폐물을 확보하고, 뒤따르는 2조를 위해 엄호사격을 가한다.

타타타~탕!

타타타타~탕!

적들이 제대로 반격을 하지 못하는 중에, 2조 역시도 무사히 안착을 한다. 오상식 중령은 부대원들의 상황을 일별한다. 전원 무사하다. 다만 부대장은 보이지 않는다. 미리 언질을 준 것처럼, 단독으로 움직이고 있는 것이리라! 오상식 중령은 신속하게 전방의 지형을 살피고 방향을 가늠한다. 적들이 전열

을 정비하기 전에 부대장과 약속된 합류 지점으로 가야만 한
다.

불가피한 경우가 아니라면

부대원들에 앞서 마을로 진입한 김강한은 예의 그 '세 곳의
건물들' 중 왼쪽 건물로 접근한다. 삼십여 명의 병력이 건물
입구와 주변을 지키고 있다. 그는 우선 옥상의 중기관총 진지
부터 제압하기로 하고, 건물 내로 잠입할 틈을 노린다. 그때
다.

번~쩍!

한 줄기의 섬광이 건물에 바로 인접한 가옥으로 내리꽂힌
다.

쾅~!

굉음과 함께 가옥이 폭삭 주저앉으면서 자욱한 먼지구름을
일으킨다. 적 병력들이 일시의 혼란에 빠질 때, 김강한은 한
줄기 바람처럼 건물 안으로 스며든다. 그리고 곧장 옥상으로
치달린다.

거칠 것이 없다. 옥상의 기관총 진지를 지키던 적들 셋이
비명도 지르지 못하고 쓰러진다. 혼혈을 제압당한 것이다. 아
무리 전쟁 상황이지만, 정말로 불가피한 경우가 아닌 한 사람

의 목숨을 빼앗는 것만큼은 피해보려는 김강한의 최소한의 노력이다.

번~쩍!

섬광은 이제 마을의 주요 골목마다에 배치되어 있는 적 병력과 진지를 목표로 작렬하고 있다.

쾅~!

폭음과 함께 자욱한 흙먼지가 사방으로 번지고 다급한 고함과 비명 소리가 곳곳에서 난무한다. 그런 중에 처참한 형체로 변한 시신들이 사방에 널브러지고, 피투성이가 된 자들이 울부짖으며 이리저리 헤매 다니고 있다. 가히 아비규환의 참경이다.

전(全) 부대원 이상 무!

"위성체의 에너지가 모두 소진되었습니다. 그리고 잠시 후 위성체는 현재 지점의 상공을 벗어나게 됩니다. 또 다른 위성체가 다시 현재 지점의 상공에 도달하는 시간은 약 11시간 후입니다."

능이가 알린다. 그런 중에,

타타~탕!

타타타~탕!

멀지 않은 곳에서 치열한 총격전이 벌어지고 있다. 마을 곳곳이 뿌옇게 먼지로 뒤덮인 중이라 자세한 모습을 확인할 수는 없지만, 무명부대원들이 오고 있는 것이리라! 약속된 합류 지점은 지금 김강한이 있는 건물이다.

"무명부대~! 최대한 신속하게 목표 지점에 진입하도록~!"

김강한이 내력을 실어 외치는 소리가 요란한 총격전의 소음 중에서도 또렷하게 대기를 타고 뻗어 나간다. 이어 그는 옥상에서 곧장 지면으로 뛰어내린다.

타~탕!

타타~탕!

가볍게 착지하는 그를 향해 몇 군데에서 총격이 가해지고, 외단에 격렬한 충격이 전해진다. 반사적으로 그의 몸 주변 어디쯤에서,

핏~!

피~핏!

공간을 찢는 파공성과 함께 십여 줄기의 날카로운 기세가 폭사된다. 총격이 가해진 방향을 향해서다. 송곳니들이다. 백팔아검의 송곳니들!

"윽!"

"큭!"

뿌연 먼지 속에서 나직한 비명 몇 마디가 새어 나온다. 다

시 그때다.

타타~탕!

타타타~탕!

가까운 곳에서 익숙한 총성이 울린다. 무명부대의 기관단총이 내는 소리다. 그리고 먼지 속을 치달려 오는 일단의 형체들이 보인다. 오상식 중령을 필두로 한 무명부대원들이다.

"다들 무사합니까?"

모두가 건물 안으로 진입한 다음에 김강한이 오상식 중령을 향해 묻는 말이다.

"전(全) 부대원 이상 무!"

오상식 중령의 보고가 간단하다. 그러나 치열한 전투를 치르며 여기까지 오는 동안 크고 작은 부상을 입은 부대원들이 왜 없겠는가? 다만 전투력을 상실할 정도의 부상은 없으니, '전 부대원 이상 무!'인 것이다.

불필요한 살상

"2조는 현 지점 사수하고, 1조는 지하층으로 진입한다!"

오상식 중령의 명령에 1조가 즉시 움직인다. 김강한은 1조의 대열 중으로 합류한다. 그런데 야간투시경을 장착한 부대원들이 캄캄한 어둠 속의 지하로 조심스럽게 진입해 들어갈 때다.

타타~탕!

타타타~탕!

어둠 속의 저편에서 돌연한 총격이 가해진다. 부대원들이 반사적으로 바닥에 몸을 던지는 중에, 오상식 중령과 선두의 몇이 수류탄을 꺼내 든다. 그런데 그때다.

"윽……!"

"컥……!"

어둠 저편에서 터져 나오는 비명 소리에 오상식 중령이 수류탄의 안전핀 고리에 걸고 있던 손가락을 빼며 나직이 외친다.

"대기!"

그 순간이다.

사방이 갑자기 밝아진다. 지하 천장에 달린 전등이 밝혀진 것이다. 그리고 앞쪽 저편으로 굳게 닫힌 철문이 하나 보이는데, 철문 앞에는 세 사람이 있다. 무릎을 꿇고 있는 둘과, 그들 옆에 서 있는 하나! 무릎을 꿇고 있는 둘은 좀 전에 총격을 가한 적들일 것이고, 그들 옆에 태연스레 서 있는 사람은 바로 김강한이다.

오상식 중령이 놀란 심정을 추스르며 신속하게 다가간다. 그리고 곧장 적 두 명에게 총을 겨눌 때다. 김강한이 그 총구를 슬쩍 밀어내며 제지한다.

"불필요한 살상은 피합시다."

그런 데 대해서는 오상식 중령이 설핏 표정을 굳히고 만다.

수긍하기 어렵다.

이건 재미로 하는 게임이나, 실패해도 다시 반복하면 되는 훈련이 아니다. 적을 죽여야 내가 살고, 단 한 번의 사소한 방심으로 인해 내가 죽고 내 동료가 죽는 진짜 전쟁인 것이다.

"지금은 전투 상황입니다. 불필요한 살상이란 없습니다."

오상식 중령의 그 말에서는 반발이 뚜렷한데, 그때다.

팟!

팍!

김강한이 가볍게 그 두 명 적들의 목덜미를 내려친다. 그러자 둘은 그대로 축 늘어지며 바닥에 널브러진다. 이어 그는 자신의 행위에 대한 부가 설명 없이 곧장 철문으로 다가선다.

그것이,

'기절시켰으니, 이제는 굳이 죽일 필요까지는 없지 않은가?'

하는 웅변일 것이기에, 오상식 중령이 잔뜩 표정을 찡그린 채이지만 더는 이의를 제기하지 않기로 한다. 그리고 재빨리 김강한의 곁으로 다가서며 함께 철문을 살핀다.

오상식 중령이 힘껏 밀어보지만 철문은 꿈쩍도 않는다. 아마도 안으로부터 단단히 잠겨 있는 것이리라!

김강한이 나서 시도해 보려 하지만, 그때 오상식 중령이 먼저 철문의 손잡이 부분 옆쪽에다 뭔가를 붙이고 있다.

플라스틱 폭약이다.

피~싯!

폭탄의 뇌관이 점화되고, 이어,

콰~앙!

하는 폭발음이 일며 지하공간의 공기가 격렬하게 일렁인다. 자욱하게 피어난 흙먼지가 가라앉기를 잠시 기다렸다가 살펴보니, 철문의 손잡이와 잠금장치 부분이 크게 우그러지고 찢겨 있다. 오상식 중령이 조심스럽게 철문을 밀자,

삐이~익!

거슬리는 쇳소리를 내며 철문이 뒤로 밀린다. 그리고 그 뒤쪽으로 길게 뚫린 통로가 보인다.

최근에 땅굴을 판 것처럼 보이는 통로는 어른 키 높이에 두 사람이 어깨를 나란히 하고 걷기에도 좁은 정도의 폭이다.

외면

통로의 끝이 보인다. 그리고 그 끝에는 다시 하나의 철문이 가로막고 있다.

김강한이 철문 너머로 외단을 확장하자, 우선 철문 바로 가

까이에 두 사람의 기척이 느껴진다. 그리고 다시 15내지 20미
터쯤 떨어진 곳에 서른 명 정도의 기척이 있다.

대중해 보건대는, 바로 그곳이다. 목표로 잡았던 예의 그 4층
짜리 반파된 폐허 건물의 지하! 예상했던 대로 지하통로를 통
해 그곳으로 연결이 된 것이다.

김강한이 손가락 두 개를 펴 보인다. 철문 바로 가까이에
적 둘이 있음을 표시한 것이다.

그것을 어떤 의미로 받아들였는지, 오상식 중령은 선뜻 고
개를 끄덕이더니 곧바로 철문에다 플라스틱 폭탄을 붙인다.

피~싯!

콰~앙!

폭발에 이어 오상식 중령이 철문을 열어젖히며 안으로 진
입한다. 그러곤 매캐한 폭연 속에 보이는 사람의 형체를 향해
곧장 기관단총을 난사한다.

타타타~탕!

벌집이 된 적들이 바닥에 쓰러져 나뒹군다.

김강한은 애써 외면한다.

그의 생각과는 다른 방향의 전개다. 그러나 더 이상은 그도
'불필요한 살상은 피하자!'거니, '굳이 죽일 필요까진 없지 않느
냐?'는 등의 섣부른 잣대를 들이대기는 어렵다.

이제부터야말로 무명부대원들의 안전뿐만이 아니라, 다만

몇 초의 시간 지연으로 인질들이 위험에 처할 수 있고 자칫 살해당할 수도 있는, 그야말로 순간의 방심과 찰나의 판단 착오로 생사가 갈리는 절체절명의 긴박한 상황인 것이다.

제압

철문을 지나서도 좁은 땅굴 형태의 통로는 십여 미터를 더 나가고 있다. 그리고 그 끝에서 확연히 넓어지는 모양새다.

그때다.

탕~! 타~탕!

통로 저쪽에서 총격을 가해온다. 단발성의 총성에서 아마도 권총을 쏘는 것 같다.

오상식 중령이 수신호를 보내자, 부대원 셋이 통로 벽에 붙어서 몇 걸음을 나아간다. 그리고 뭔가를 힘껏 앞으로 던져낸다. 이어,

쾅~! 콰앙~!

하는 굉음과 함께 통로 끝의 공간으로부터,

번~쩍! 버번~쩍!

하고 눈부신 섬광이 폭사된다. 그리고 섬광이 잦아지는 동시에 부대원들이 일제히 앞으로 달려 나간다.

타타타~탕!

타타타~탕!

타타타~탕!

선두에 선 부대원 셋이 허공을 향해 기관단총을 난사한다.

파바바바~밧!

콘크리트 천장에 수십 발의 총탄이 틀어박히며 뿌연 먼지 가루가 사방으로 비산한다.

위협사격이다.

섬광 수류탄의 폭발로 귀와 눈이 일시 마비된 데다 기관단총까지 마구 난사되자, 공간 내에 있던 삼십여 명은 누구도 감히 함부로 움직이지 못한다.

"모두 바닥에 엎드려!"

"머리 들지 마!"

무명부대원들이 악다구니를 쓰듯이 고함을 질러댄다.

그 거칠고 맹렬한 기세에 사람들이 속속 바닥에 엎드린다.

동시에 무명부대원들이 그들 속으로 뛰어들며 아직 엉거주춤 서 있는 자들의 무릎을 차서 고꾸라뜨린다.

그러고는 사정없이 머리를 바닥에 짓누른 채 양손을 뒤로 돌려 간이 수갑을 채운다.

그들 중에서 누가 적인지, 또 누가 인질인지 당장은 구분하기 힘든 상황이니, 그런 거친 조치는 무차별적으로 취해진다.

무명부대원들의 신속하고도 일사불란한 움직임으로 그들 삼십여 명에 대한 제압은 순식간에 이루어진다.

　이어 몸수색으로 여러 자루의 권총과 칼 등이 수거되고, 특히 권총을 소지한 자들은 즉각적으로 분리를 시킨다.

제6장
—
역정보(逆情報)

뭔가 잘못되었다

    오상식 중령과 김강한은 당황을 감추지 못한 채 서로를 쳐다본다. 그들 삼십여 명에 대한 간단한 신원 파악 결과 때문이다.

    아니, 아직은 제대로 된 신원 파악이랄 것도 없다. 다만 육안으로 확인하는 것만으로도 분명하다. 커다란 덩치에, 큼직큼직하고 짙고 선명하여 한눈에 보기에도 이국적인 이목구비! 그리고 굽슬굽슬 자란 수염만으로도 분명하다.

한국인이 아니다. 그들 삼십여 명 중에서 한국인은 없다. 단 한 명도! 당연히 무명부대가 구출하려고 하는 인질들이 아니다.

'이게 어떻게 된 건가?'

오상식 중령과 김강한이 서로에게 묻지만, 누구도 답을 해줄 수는 없다. 다만 분명한 것은, 뭔가 잘못되었다는 사실이다.

일분일초가 급하다

'무명부대가 도착하기 전에 인질들이 다른 곳으로 옮겨졌다?'

그저 추론일 뿐이다. 그러나 김강한과 오상식 중령이 해볼 수 있는 한에서는 가장 현실적인 추정이다.

"한국인 인질들 어디 있어?"

김강한이 한 사내에게 묻는다. 구레나룻부터 코밑과 턱 아래 가슴까지 늘어질 정도로 무성하게 수염을 기른 자다. 하긴 그 삼십여 명 중에는 그런 자들이 여럿이니, 사내에게는 적개심을 드러내는 것인지 두 눈이 유난히 부리부리하다는 점을 추가해야겠다. 능이가 곧장 통역을 한다. 그러나 부리부리 사내는 눈만 더욱 부라릴 뿐이다.

오상식 중령은 마음이 급해진다. 무명부대는 지금 뭔가 크게 잘못된 상황에 맞닥뜨려 있다. 그러나 무엇이 어디에서부터 어떻게 왜 잘못되었는지 짐작조차 해볼 수 없는 암담하고도 절박한 상황이다. 더욱이 적진의 한가운데다. 이제 곧 인근 지역의 IS 병력들이 대거 몰려드는 상황을 예상해야만 한다. 그리하여 최대한 신속하게 현 상황을 파악하고, 새로운 어떻게든 새로운 활로를 만들어내야만 한다. 무명부대의 안전을 확보하고, 나아가 인질들의 소재를 밝히고 구출해 낼 수 있는 새로운 활로를! 최단시간 내에! 일분일초가 급하다.

그 이상의 전문가

오상식 중령이 강 중사에게 눈짓을 한다. 고문하는 법을 익힌 부대원이다. 물론 부득이한 경우가 아니라면 고문은 허락되지 않는다. 그러나 지금이 바로 그 부득이한 경우다.

"이름은?"

강 중사가 부리부리 사내에게 시선을 맞추며 차갑게 묻는다. 그러나 능이의 통역에 부리부리 사내의 눈빛에는 희미한 웃음기가 스친다. 노골적인 무시와 경멸이다. 강 중사가 허리춤에 걸고 있던 대검을 천천히 빼 든다.

김강한은 가만히 미간을 좁힌다. 오상식 중령이나 부대원들로서는 전혀 짐작도 못 하겠지만, 고문이라면 그 자신이야 말로 강 중사 이상의 전문가라고 할 것이다. 더욱이 그에게는 고문 외의 다른 방법도 있다. 그러나 결과적으로는 강 중사도 그 이상의 전문가도 나설 필요가 없게 되었다.

믿으라는 거야? 믿지 말라는 거야?

"파델 이브라힘 알 아드나니! IS의 서열 5위권! 현(現) 이라크 전선 담당 총지휘관! 전(前) 이라크군 대령 출신!"

귓속으로 울리는 능이의 그 소리에 대해, 김강한이 당장에 는 얼떨떨해하다가 다음 순간에야 퍼뜩 감이 잡힌다.

"정말이야? 어떻게 알아낸 거야?"

김강한의 그 소리에는 오상식 중령이 힐끗 그를 돌아본다. 그 시선이 설핏 날카롭다. 하긴 능이의 소리를 듣지 못한 그에 게 김강한의 그 물음은 느닷없이 들릴 법하다. 이 긴박한 상 황에 말이다.

"얼굴과 체형 정보를 UAI의 토털 데이터베이스로 전송해 검 색하고, 그 결과를 종합적으로 분석하여 유추해 낸 결과입니 다."

능이의 대답이다.

"유추? 지금 나보고 믿으라는 거야? 믿지 말라는 거야?"

"정확도는 90퍼센트 이상입니다."

그 정도 수치의 제시에서는 김강한이 일단 수긍하고, 능이에게 지시한다.

"방금 그 파델… 어쩌고 하는 얘기 말이야. 저자한테 통역해 줘봐."

그러자 김강한의 목소리와 닮은 능이의 소리가, 아마도 아랍어일 언어로 통역이 되어 울려 나온다. 순간 부라리고 있던 부리부리 사내의 두 눈에 화들짝 놀라는 경악이 번지고, 그것으로 김강한은 부족했던 나머지 10퍼센트의 정확도를 보충한다.

현재 지구상에서 가장 위험한 인물로 일컬어지는 자

능이가 얼굴과 체형 정보를 UAI에 전송하여 신원을 유추해낸 자들은 총 다섯 명이다. 그리고 그 다섯 명이 모두 IS의 서열 10위권 안에 드는 핵심 요인들이라고 하는 소리에는, 오상식 중령과 다른 부대원들이 차마 믿지 못하겠다는 눈치들이다.

더욱이 그 다섯 중에 '아부 오마르 알 알두리'라는 이름이 포함된 데 대해서, 오상식 중령은 차라리 실소를 흘리지 않을 수 없다. 그가 다른 이름들에 대해서야 들어도 알지 못하는 처지이다. 그러나 '아부 오마르 알 알두리'에 대해서만큼은 알고 있다. 흔히 알두리로 불리는 그 이름이야말로 바로 IS의 서열 1위 즉, 그들이 칼리프라고 부르는 IS의 수반인 것이다. 그자를 제거하기 위해 미국과 서방에서는 벌써 여러 해 동안을 온갖 수단과 방법을 다해 추적하고 있는 중이다. 그러나 여태까지 이렇다 할 성과를 전혀 내지 못하고 있을 만큼 철저히 보호되고 은폐된 인물인 것이다.

사실 김강한에게 아부 오마르 알 알두리라는 이름은 그저 생소할 뿐이다. 그러나 그가 바로 IS의 서열 1위인 인물이라는 소리에는 정신이 번쩍 들지 않을 수 없다. 그자야말로 한국인들을 납치하고 억류한, 그리하여 그와 무명부대를 지금 이곳 이런 상황에까지 오게 만든 원흉이 아닌가 말이다.

능이가 알두리로 지목한 그자는, 포박된 삼십여 명의 뒤쪽에 수더분한 모습으로 섞여 있다. 그런 모습에서는 그자가 현재 지구상에서 가장 위험한 인물로 일컬어지는, 바로 그 장본인이라고는 좀처럼 믿기가 어렵다.

나는 대한민국 무명부대의 부대장이다!

"당신이 IS의 수반, 아부 오마르 알 알두리인가?"
김강한이 알두리로 지목된 자에게 묻고, 그의 말은 능이에 의해 즉각 통역된다.

순간 알두리의 표정에는 경악에 가까운 놀람이 스친다. 그
러나 그는 이내 차분한 표정으로 돌아가며 오히려 질문을 던
진다.

"그대들은 미군인가? 아니면 CIA인가?"

느릿한 투이나 카랑카랑한 목소리다. 김강한은 오상식 중
령과 부대원들도 들을 수 있도록 외부 출력 형태로 통역을 하
도록 능이에게 지시한다. 그리고 다시 알두리의 물음에 답을
해준다.

"NO!"

알두리가 설핏 이채를 떠올렸다가 거두며 다시 묻는다.

"날 죽이기 위해 왔나?"

"NO!"

다시 한번의 분명한 대답에 알두리의 눈빛이 깊숙하게 가라
앉는다.

"당신은 누구인가?"

"나는 대한민국 무명부대의 부대장이다. 우리는 당신들 IS가
납치 억류하고 있는 한국인 인질들을 구출하기 위해 왔다."

"Korea……?"

나직이 되새겨 보는 알두리의 표정에서 놀람과 의아함과 의
혹 등이 여과 없이 뒤섞이고 있다.

지독한 자기 신념을 가진 자

"인질들은 지금 어디에 있나?"

김강한이 차분하게 묻는다. 그러나 알두리가 김강한과 눈을 마주치고 있다가는 담담하게 반문한다.

"내가 왜 그 질문에 대답을 해야 하나?"

차라리 태연하다. 그리고 알두리의 그런 모습에 대해서는 여태껏 초조한 기색을 애써 누르며 지켜보고 있던 오상식 중령이 이윽고 폭발하고 만다.

"이런 개새끼가……!"

여지없이 쌍소리를 날린 오상식 중령의 기관단총이 곧장 알두리의 머리를 겨눈다. 그러나 알두리는 여전히 담담한 기색이다. 깊숙하게 가라앉은 그의 눈빛은 오히려 차갑게 빛이 난다. 김강한이 오상식 중령의 총구를 슬쩍 밑으로 누르고는 알두리를 향해 무겁게 말한다.

"왜 대답을 해야 하냐고? 대답하지 않으면 죽어! 당신과 여기에 있는 전부 다!"

알두리의 눈빛에 희미한 웃음기가 스친다.

"죽이겠다고? 고작 그런 졸렬한 위협 따위로는 우리를 굴복시킬 수 없다. 우린 신의 전사들이다. 따라서 우리의 생사를 포함한 모든 것은 오로지 신의 뜻에 의해서만 이루어진다."

김강한은 가만히 미간을 좁히고 만다. IS에 대해 그가 이미 가지고 있는 선입견도 있거니와, 지금 단지 몇 마디를 나눠본 것만으로도 이 알두리라는 자는 어떤 지독한 자기 신념을 가진 자라는 느낌을 가지게 된다. 그 신념이 옳은 것이든 혹은 잘못된 것이든, 그것을 위해 자신의 목숨마저도 간단히 버릴 수 있는 지독한 자!

잘못된 정보

'고문으로도 굴복시키기 어렵다……? 그렇다면 최면은……?'

김강한의 생각이 그런 데까지로 미칠 때다.

"다만 몇 가지 얘기는 기꺼이 해줄 용의가 있다. 우선 내가 보기에 당신들은 지금 누군가에게 이용을 당하고 있는 것 같은데, 그런 쪽으로의 생각은 해보지 않았나?"

그 말에는 오상식 중령이 날카롭게 반응하며,

"무슨 개수작이야?"

하고 다시 폭발하려는 것을, 김강한이 가볍게 어깨를 잡아 제지한다.

"무슨 얘기를 하려는 건지, 일단은 좀 더 들어봅시다."

어쨌든 절박하게 새로운 활로를 찾아야만 하는 상황에서, 대척점의 위치에 있는 IS 수반의 얘기는 어떤 관점으로든 참고할 만한 것이 될 터이다. 계속해 보라는 김강한의 턱짓에 알두리가 말을 잇는다.

"당신들이 찾는 인질들은 처음부터 이곳에 없었어. 즉, 당신들은 완전히 잘못된 정보를 믿고 여기까지 왔다는 것이지. 궁금하군, 당신들에게 그런 잘못된 정보를 제공한 게 누구인지? 어느 쪽인지?"

뭔가 찜찜한 느낌

"쿠르드족!"

김강한이 조금의 고민 끝에 짧게 대답한다.

"그렇군. 역시 미국 쪽이었어."

알두리가 미리 짐작하고 있던 대답이라는 투로 담담히 받는다. 그리고 다시 덧붙여 묻는다.

"자, 당신은 아직도 아무런 느낌이 없나?"

김강한이 딱히 대답할 말이 없는 터에, 알두리가 담담히 말을 이어간다.

"한국 정부와 쿠르드족이 직접 소통하거나 거래를 했을 가능성은 없다고 본다. 그렇다면 그 정보는 결국 쿠르드족의 뒤에 버티고 있는 미국의 정보 라인에서 나왔다고 보는 게 합리적인 추론이겠지. 그런데 그렇게 보기에는 또 이상한 점이 있어. 그것이 방대하고도 치밀한 정보력을 자랑하는 미국 정보 라인에서 나왔다고 보기에는 터무니없다고 할 만큼 잘못된 정보라는 것이지. 혹시 그것이 어떤 다른 목적을 위해 의도된 것은 아닐까 하는 의심을 해보기에 충분할 만큼!"

알두리의 말에 대해 김강한이 선뜻 수긍하기는 어렵다. 그러나 그의 말에 점점 끌려들게 되는 부분은 확실히 있다. 그것은 뭐랄까? 그로서도 뭔가 찜찜한 느낌이 생기기 시작한다고 할까? 오상식 중령도 미간을 잔뜩 찌푸리고 있다. 아마도 그 또한 비슷한 심정인 걸까?

그런 조합들이 그저 우연일 수 있을까?

"나와 IS의 최고 지휘부가 대거 한자리에 모이는 경우는 전례가 없던 일이다. 당연히 우리로서는 조직의 존폐가 걸린 극비의 기밀 사항이지. 만약 정보가 외부로 누설된다면 즉각 미국과 서방의 집중 공격이 가해질 테고, IS는 그대로 와해의 위기로 몰리고 말 것이니까. 이곳의 장소와 집결 시간은 가장 안전한 방식으로 회의 참석자들 각자에게 직접 통보되었다. 이 지역의 병력을 관할하는 지역 사령관조차도 우리가 지금 이곳 건물 지하에 모여 있다는 사실은 전혀 알지 못한다. 그가 이곳에다 상당수의 병력을 배치하고 경계 태세를 펼치고 있는 것은 전혀 다른 군사적인 이유에서지. 자, 그런 중에 느닷없이 당신들이 나타났다? 그것도 미국 정보 라인으로부터 이곳에 인질들이 있다는 엉터리 정보를 제공받고서?"

차분하게 얘기를 이어가던 알두리가 잠시 말을 멈춘다. 그리고 짐짓 느긋한 투로 김강한을 향해 물음을 던진다.

"그런 조합들이 그저 우연일 수 있을까? 자, 결코 그럴 리는 없다는 전제로 내가 가능할 법한 상황을 한번 재구성해 볼 테니 들어보겠나?"

가능할 법한 상황의 재구성

"미국 정보 라인에 지극히 중대하고도 긴급한 첩보가 하나 입수되었겠지. 어떤 경로로 우리 쪽의 극비 기밀정보가 새나간 거야. 최근 시리아 내전에서 최악의 상황으로 몰리고 있는 IS가 전세를 역전시킬 긴급 대책을 의논하기 위해 비상 확대 전략 회의를 열기로 했는데, 거기에는 IS의 수반을 위시하여 최고 지휘관들과 전시 내각을 구성하는 핵심 요인들까지 대거 참석을 할 것이라는 엄청난 내용이지. 미국 정보 라인으로서는 당장에 초비상이 걸렸겠지. 만약 첩보 내용이 사실이라면 미국이 진작부터 전쟁을 선언해 놓고도, 막상은 이렇다 할 성과를 내지 못하고 있는 IS를 일거에 궤멸시킬 절호의 기회이니까."

"무슨 말이 하고 싶은 건가?"

김강한이 가볍게 재촉한다. 그러나 알두리는 개의치 않는 모습으로 자신의 말을 계속한다.

"그러나 아무리 절호의 기회라고 해도 확신이 없는 한, 미국은 함부로 움직이지 못해. 이곳은 그야말로 화약고야. 함부로 미사일을 날리거나 전폭기를 띄웠다가는 자칫 중동 전쟁을 촉발시킬 수 있지. 미국 정보 라인으로서는 심각한 고민에 빠지지 않을 수 없었겠지. 첩보의 신뢰성을 보장할 만한 최소한의 근거를 확보하지 못하고는 워싱턴에 보고할 수도 없고. 그렇다고 미적거리고 있다가 만약에 그 첩보가 사실인데도 때를 놓치는 결과가 된다면, 관련된 자들의 목이 모조리 날아갈 판이고. 그런데 그때 마침 당신들에 관한 정보가 포착이 된 거야. 즉, 한국에서 IS에 억류되어 있는 인질들을 구출하기 위해 소규모의 특수부대를 직접 투입한다는 정보지."

윤곽

알두리가 담담히 김강한에게 시선을 맞춰온다. 김강한이

저도 모르게 알두리의 말에 끌려 들어가 있던 터라 괜스레 머쓱한데, 알두리가 희미한 미소를 떠올렸다가 지우며 다시금의 물음을 던진다.

"상식적인 상황이라면 과연 미국 측에서 당신들에게 잘못된 정보일지라도 관련 정보의 제공을 포함해서 그 어떤 형태의 도움이라도 줬을까?"

김강한이 굳이 대답을 할 필요가 없을 질문인데, 알두리가 다시 묻는다.

"미국 측에서 과연 당신들의 작전이 성공할 것이라고 기대했을까? 우리 IS가 장악하고 있는 지역의 한가운데에다 기껏 이십여 명의 병력을 투입하는 이 무모하기 짝이 없는 작전에 대해서? 오히려 극구 말리고 제지하지 않았을까?"

여전히 대답할 필요는 없는 질문이리라!

"그럼에도 불구하고 미국 정보 라인이 당신들을 통해 기대하는 게 있다면, 그것은 결국 이런 것이 아닐까? 즉, 과연 나와 IS 최고 지휘부가 오늘 한곳에 집결했는지의 확인! 그리고 그 집결지의 정확한 좌표! 아마도 그들은 지금쯤 모든 정보 자산을 총동원하여 이 일대를 주시하고 있지 않을까? 당신들이 인질들의 위치를 찾기 위해 이 일대를 헤집고 들쑤시는 중에, 그들이 필요로 하는 사항들이 확인되기를 숨죽여 고대하면서!"

김강한은 가만히 미간을 찌푸리고 만다. 알두리가 결국 하고자 하는 말이 무엇인지 거의 윤곽이 드러나고 있다.

두 장의 카드

"미국 정보 라인은 지금 두 장의 카드를 가지고 있겠지. 우선의 카드는 그들이 확보한 첩보가 거짓으로 판명될 때 쓸 카드지. 카드의 내용은? '미국은 조용히 물러난다' 즉, 기껏 이십여 명에 불과한 한국군이 IS에 의해 전멸을 당하도록 방치하는 것이지. 조용히! 아무 일도 없었던 것처럼! 혹시 나중에 그들의 개입 사실이 드러난다고 해도, 그래서 러시아를 포함한 다른 쪽에서 문제 제기를 한다고 해도, 그들이 비켜 나갈 명분은 충분하지. 말하자면, 이런 것이겠지. '인질 구출을 위한 한국군의 소규모 군사작전에 미국은 우방국으로서 최소한의 도움을 제공할 수밖에 없었다. 다만 그 도움은 비전투 분야에 국한된 극히 일부의 정보를 제공한 것일 뿐이며, 직접적으로 전투에 관련되는 사항은 전혀 없었다."

알두리가 잠깐의 틈을 둔 다음에, 다시 말을 이어간다.

"미국 정보 라인이 가진 두 번째 카드는? 당신들의 활약 덕분으로 그들이 고대하고 있던 사항들이 확인되었을 때 쓸 카드지. 당연히 그들은 워싱턴으로 긴급 보고를 날리겠지. 지금 여기 알두리와 IS 최고 지휘부가 대거 집결해 있다고! 백퍼센트 확실한 정보라고! 곧바로 인근 해역의 미국 항공모함과 핵 잠수함에서 미사일이 발사되고, 또 인접국에 주둔하고 있는 미군기지에서 전폭기가 뜨면서 이곳은 순식간에 초토화가 되고, 나와 여기에 있는 모두는 전멸을 당하겠지! 당신들은? 후훗! 물론 당신들도 우리와 운명을 함께하게 되는 거지. 어차피 당신들은 그런 용도로 여기에 보내진 거니까. 소모품으로! 그 존재와 죽음조차도 공개되기를 바라지 않는 희생양으로!"

확 갈겨 버리기 전에!

알두리가 잠시 숨을 고른다. 그리고 김강한과 오상식 중령까지를 한 번에 돌아보고 나서 차가운 투로 묻는다.

"자, 어떤가? 이제는 좀 생각이 정리되지 않나? 최소한 당신들이 지금 우리를 위협할 처지는 아니란 건 분명해졌을 것 같은데? 당신들은 오히려 우리의 존재가 미국 정보 자산에 노출되지 않도록 협조를 해야 하지 않을까? 그래서 일단은 우리와 함께 살아남은 뒤에야, 인질들에 관한 건도 다시 얘기해 볼 수 있지 않겠나?"

그러나 그 말에 즉각적으로 대답을 한 건 김강한이 아니라 오상식 중령이다.

"닥쳐! 개새끼야! 개소리 그만하고 인질들이 어디에 있는지나 말해! 확 갈겨 버리기 전에!"

지금 그런 게 왜 중요합니까?

삐~빅! 삐비~빅!

알람 소리 같은 것이 첨예하게 팽배된 실내의 긴장을 깬다. 오상식 중령에게서 나는 소리다. 그가 알두리를 향해 겨누고 있던 총부리를 거두며, 주머니에서 뭔가를 꺼낸다. 주이라크 대사관의 무관이 헤어지기 직전에 비상용이라며 그에게 따로 건넨 소형의 수신 전용 무전기다. 그가 무전기의 통신 버튼을 누르자,

"오상식 중령님?"

하는 목소리가 들린다.

무관이다. 오상식 중령이 선뜻 대답을 하지 못하고 김강한을 본다. 자신으로서는 어떻게 통화를 해야 할지, 당장의 기준이 서지 않는다는 의미이리라! 그에 김강한이 무전기를 받아 든다.

"부대장입니다!"

그러자 저쪽에서,

"아… 예! 그런데 오 중령님은 옆에 없습니까?"

하는 반응이 돌아온다. 마치 김강한이 받을 것이라고는 미처 생각지 못했다는 듯이 설핏 당혹스러워하는 느낌마저 있다.

"오 중령은 지금 다른 곳에 있습니다만……!"

김강한의 대답이 있고 나서, 다시 약간의 틈을 두고 무관의 질문이 돌아온다.

"그곳 상황은 어떻습니까?"

"쿠르드족 전사에게 안내받은 지점의 분지 마을 안으로 일단 진입은 했습니다. 그러나 수색을 실시하던 중에 적들에게 포위를 당해서 현재 대치하고 있는 상태입니다."

"수색 결과는요? 혹시 특이 사항은 없습니까?"

무관의 그 질문에 대해서는 김강한이 가볍게 말을 비튼다.

"특이 사항? 어떤 특이 사항 말입니까?"

"그러니까… 이를테면, 그곳에 배치된 IS의 병력 규모라든가, 지휘관의 레벨이라든가……."

"지금 그런 게 왜 중요합니까?"

김강한이 좀 더 강하게 비튼다. 그러자,

"예?"

하고 반문하는 무관의 당황이 짙어지는 느낌이다.

"인질들에 대한 얘기가 먼저여야 되는 것 아닙니까? 그런데 계속 다른 얘기만 하고 있으니 하는 말입니다."

김강한의 그 말에 대해서는 무관이 이윽고는 할 말을 찾지 못하는 듯이 잠시간 대답이 돌아오지 않는다.

"건물 한 곳의 지하를 수색하는 중에 일부의 인질들을 발견했고, 현재 보호하고 있는 중입니다."

잠깐의 어색한 침묵을 먼저 깬 것은 김강한이다. 그리고 그의 말에 대해서는 곧바로,

"아……!"

하는 탄성과,

"어……?"

하는 희미한 의혹의 소리들이 동시에 새어 나온다. 탄성이랄지, 혹은 탄식처럼도 들리는 소리는 무전기를 통해서 나오는 무관의 것이다. 그리고 희미한 의혹의 소리들은 당연히 오상식 중령과 무명부대원들의 것이다. 다만 부대원들의 소리가 무전기 저쪽까지 전해지지는 않은 모양이다.

"그런데 일부의 인질들이라고 하면……?"

무관의 질문이다.

"인원수가 삼십 명 정도입니다. 아마도 나머지의 인질들은 이곳이 아닌 다른 장소에다 분리시켜 놓고 있는 것으로 보입니다. 그런데……."

김강한이 짐짓 말끝을 늘였다가 다시 잇는다.

"이곳에는 지금 IS 쪽 인물들 삼십여 명도 함께 있습니다."

"아······!"

무관이 다시금 탄성을, 아니, 이번에는 한층 탄식에 가까운 소리를 흘려낸다. 그리고 그가 다른 질문을 이어내기 전에 김강한이 다시 말을 보탠다.

"나머지 인질들의 소재를 파악하기 위해 IS 쪽 인물들에 대해 심문을 진행하고 있는 중입니다. 그런데··· 짧은 영어로 소통을 하는 탓에 아직 확실하지는 않지만, 아무래도 이자들 중에 IS의 고위 지휘관급들이 포함되어 있는 것으로 보입니다."

"지금··· IS의 고위 지휘관급들이라고 했습니까?"

무관의 그 질문에서는 미처 감추지 못한 흥분의 느낌까지가 느껴진다.

지금 그런 게 급한 게 아닙니다

"오 중령께 제가 드린 영상전송 장비가 있습니다. 그것으로 그들, IS 쪽 인물들 전원의 영상을 전송해 주십시오. 가능한 한 빨리 부탁드립니다."

무관의 그 말은 부탁이라고는 하지만, 그 서두름에서 그것은 차라리 지시를 하는 느낌마저 드는 데가 있다. 김강한이 불쾌감을 굳이 감추지 않는다.

"영상이요? 지금 그런 게 급한 게 아닙니다. 우리는 지금 포위를 당해 고립된 상황입니다. 그리고 지금쯤에는 인근 지역의 IS 병력들까지 이곳을 향해 집결을 하고 있을 텐데, 보호 중인 인질들을 안전지대로 호송하기 위해서라도 긴급 지원이 필요합니다."

"이미 미국 측과 협조를 취하고 있는 중입니다만, 다시 한번 긴급 지원을 요청하겠습니다. 그런데… 방금 말씀드린 현장의 영상 자료는 미국 측에서 처음부터 요청을 했던 겁니다. 아마도 워싱턴에 현장 상황을 보고하기 위한 것으로 생각되는데, 지금 우리 무명부대가 정말로 IS의 고위 지휘관급들을 포로로 잡고 있다는 사실이 확인되면, 미국 측에서도 즉각적으로 최대한의 지원에 나설 겁니다. 그러니 영상부터 빨리 전송해 주시기 바랍니다."

그쯤에서는 김강한이 수긍한다는 투로 되어준다.

"알겠습니다. 오 중령이 오는 대로 조치하도록 하죠. 아, 그리고 지금 저와 통화한 내용은 서울로도 즉시 보고를 해주시기 바랍니다."

"물론입니다."

도대체 무슨 생각으로 이러는 겁니까?

김강한이 통신을 끝내고 무전기를 끄자, 오상식 중령이 급하게 다가선다.

"아니, 우리 대사관의 무관한테 그런 엉터리 정보를 주면 어떻게 합니까? 본국으로도 곧장 보고될 텐데요?"

사뭇 격하게 따지고 드는 투다. 그러나 김강한이 담담하게 받는다.

"우리가 잘못된 정보를 받은 건 바로 그 무관을 통해서입니다. 그러니까 우리 쪽에서도 역으로 거짓 정보를 내보내 보는 겁니다. 그 정보가 무관을 거쳐서 과연 누구한테로 가는지 확인해 보려고요."

"그게 도대체 무슨 얘깁니까? 아, 참! 진짜 미치겠네? 아니, 정말 무슨 생각으로 이러는 겁니까?"

김강한이 가만히 오상식 중령을 응시하며,

"무슨 생각이냐고요?"

덤덤히 반문한다. 그리고 이어 다시 나직하나 분명한 투로 대답을 한다.

"인질들을 구출할 생각! 그리고 인질들과 우리 부대원들 모두가 살아서 한국으로 돌아갈 생각!"

오상식 중령의 눈에 힘이 들어간다. 그리고 마치 눈싸움이라도 하듯이 날카롭게 김강한을 노려본다. 그러나 잠시 후 그는 두 눈의 힘을 풀고 만다. 그러고는 체념한다는 듯이,

"알겠습니다."

하고는 입을 굳게 다물어 버린다. 김강한이 또한 오상식 중령에게서 시선을 거두고는 모두와 떨어진 한쪽 구석으로 간다. 우선적으로 해야 할 일이 있기 때문인데, 확실치는 않지만 능이를 통해서라면 가능할 것으로 여겨지는 일이다.

제7장
—
신의 이름으로

긴급 기자회견

삐~빅!

삐비~빅!

오상식 중령의 무전기가 잇달아 울리고 있다.

'받을까요?'

오상식 중령이 눈짓으로 묻는 것을, 김강한이 가만히 고개
를 가로젓는다. 영상정보에 대한 독촉일 텐데, 아직은 기다리
고 있는 것이 있기 때문이다. 그때다.

"지금 한국 정부의 긴급 회견이 중계되고 있습니다."

능이가 알리는 소리다. 그리고,

"보여줄 수 있어?"

묻는 김강한의 말에는, 곧장 눈앞 허공에 작은 크기의 화상이 뜬다. 그리고,

"키워봐!"

하는 김강한의 지시에 다시 허공의 화상이 크게 확대된다. 백인호 한국 대통령의 모습이 보인다. 긴급 기자회견을 하고 있는 중이다.

─나는 대한민국의 대통령으로서 IS에 납치되어 억류 중인 60여 명의 우리 국민들을 구하기 위해, 소수 정예의 대한민국 특수부대인 무명부대를 시리아 내 IS 점령지역으로 극비리에 투입한 바가 있습니다. 그리고 방금 전 무명부대로부터 첫 번째 보고를 받았습니다. 알부 카말 인근의 사막지대에 있는 한 마을에서 인질 30여 명을 구출했다는 내용입니다. 뿐만 아니라 그 과정에서 무명부대는 IS의 최고위 지휘관급 30여 명도 함께 생포하였는데, 그들 중에는 놀랍게도 IS의 수반인 아부 오마르 알 알두리를 위시하여 서열 5위의 파델 이브라힘 알 아드나니 등 IS의 최고 지휘부와 핵심 요인들이 다수 포함되어 있는 것으로 확인되었습니다.

백인호 대통령의 말이 영어로 동시통역이 되는 중에, 화면에는 두 장의 사진이 공개된다. 한 장은 무명부대원들이 IS 요인들을 바닥에 쓰러뜨리고 양손을 뒤로 돌려 포박하는 장면이고, 또 한 장은 오상식 중령이 기관단총으로 알두리의 머리를 겨누고 있는 장면이다.

　오상식 중령의 얼굴에 설핏 당혹이 스친다. 사진 속의 인물이 IS의 수반인 아부 오마르 알 알두리라는 사실을 확인시키기 위해서이겠지만, 그 장면을 확대시켜 놓은 탓에 자신의 험악하게 일그러진 인상까지도 사뭇 생생하게 부각이 된 까닭이다.

　—현재 우리 무명부대는 인질 30여 명을 보호하고, 또한 아부 오마르 알 알두리 등의 IS 수뇌부 30여 명을 포로로 잡고 있습니다만, 안타깝게도 IS군의 대규모 포위에 갇혀 고립되어 있는 상황입니다.

　백인호 대통령의 그 말에 이어서는 화면에 지도가 뜨며 무명부대의 현 위치가 자세하게 표시된다.

　—대한민국 정부는 인질로 억류된 우리 국민 전원이 무사히 귀환하여, 애타게 기다리고 있는 가족들의 품에 안길 수

있기를 오로지 바랄 뿐입니다. 그리고 그 염원을 위해 인류 보편의 가치인 인도주의적 견지에서 간곡히 호소하는 바입니다. 지금 이 시점부터 인질들 전원이 무사히 구출될 때까지, 미국과 러시아 그리고 시리아 등 해당 지역의 분쟁과 관련된 국가와 무장단체들은 인질들의 안전에 위험한 영향을 미칠 수 있는 그 어떤 형태의 행위나 우발적인 시도도 엄격히 자제해 줄 것을 강력히 촉구합니다.

백인호 대통령의 긴급 회견은 그렇게 마무리된다.

막상 이의를 제기하지는 않는다

삐~빅!
삐비~빅!
오상식 중령의 무전기가 다시 울리고 있다. 김강한이 받아서 통신 버튼을 누르자,
"어떻게 된 겁니까? 혹시 서울과 연락했습니까?"
하는 소리가 급박한 중에도 질책을 하는 투로 흘러나온다.
"그게 무슨 얘깁니까? 우리가 서울과 연락할 방법이 있기나 합니까? 그리고 서울로 보고하는 건 그쪽에서 하기로 하지 않았습니까?"

김강한이 태연스레 시치미를 뗀다. 그에 무관이,

"하지만⋯⋯."

하고 다시 따져볼 듯한 뉘앙스이더니, 애써 스스로를 추스른 듯이 사뭇 차가운 투로 되며 말을 보탠다.

"지금 상황이 몹시 긴급하게 돌아가고 있습니다. 미국 측에서 크게 불만을 표시하고 있어요. 실무선에서는 아예 모든 지원을 끊어버리겠다는 소리까지 나오는 걸 겨우겨우 달래고 있는 형편이라고요. 그러니까 말씀드린 그 영상 자료, 그것부터 지금 즉시 보내주셔야겠습니다."

무관의 말이 그런 정도로까지 되는 데는, 김강한이 또 슬쩍 맞춰준다.

"알겠습니다. 지금 바로 촬영해서 보내도록 하죠."

김강한이 무전 통화를 끝내자, 오상식 중령이 곧장 알두리를 위시한 IS 쪽 인사들을 향해 영상전송 장비를 들이댄다. 그렇게 영상들을 전송하고 나서 잠시 뒤다.

삐~빅!

삐비~빅!

오상식 중령의 무전기가 다시 울린다.

"보내준 영상에 인질들의 모습이 잘 안 보인다고, 미국 쪽에서 추가적인 영상을 요구하고 있습니다."

무관의 말에, 김강한이 덤덤하게 대답해 준다.

"아무래도 영상전송 장비가 고장이 난 모양입니다. 더 이상 작동이 되지를 않네요. 계속 시도는 해보겠습니다만……."

그런 중에 무관에게서 다시 뭐라고 급박한 재촉의 말들이 나오는 것을, 김강한이 슬쩍 무전기를 바닥에다 떨어뜨리고는 그대로 밟아버린다.

파~삭!

무전기가 간단히 박살이 나버린다. 그 갑작스러운 상황에,

"어… 엇?"

오상식 중령이 놀란 소리를 내는데, 뒤이어 영상전송 장비가 마찬가지의 운명을 맞고 있다.

퍼~석!

오상식 중령이 이번에는 놀란 소리조차도 내지 못한 채, 차라리 어이없다는 빛으로 김강한을 보고만 있다. 그러나 그는 막상 뭐라고 이의를 제기하지는 않는다.

일촉즉발

능이가 허공에 띄워놓은 영상이 빠르게 바뀌며 각종의 장면들을 보여주고 있다. 주로는 CNN 등 세계의 주요 방송과 언론들의 긴급뉴스와 분석 보도들이다. 김강한이 묵묵히 영상에 주목하고 있는 중에, 그의 귓속에서는 능이의 동시통역

이 계속해서 울리고 있다.

첩보위성과 무인정찰기 등 미국이 자랑하는 최신 최강의 정보 자산들이 총동원되고 있다고 한다. 현장에서 인접한 터키의 공군기지 활주로에는 미군 전폭기들이 비상대기 하고 있고, 인근 해역에 머물고 있는 미국 항공모함에서는 호크 미사일 등 각종의 타격 수단들이 발사 대기 상태에 있다고 한다. 그야말로 일촉즉발이다. 백악관의 최종 명령 한마디면 엄청난 공격이 이곳을 향해 집중될 것이다.

또한 영상들에서 눈을 떼지 못하고 있는 오상식 중령의 얼굴은 숫제 무표정하다. 혹시 그는 이제 모든 것을 체념하였든지, 혹은 아예 초월해 버린 것일까?

내 손에 먼저!

김강한이 알두리에게로 다가서자, 알두리가 지그시 감고 있던 두 눈을 부릅뜬다.

"내가 충분히 설명을 했건만, 어리석게도 당신은 결국 결코 하지 말았어야 할 선택을 하고 말았군."

나직하지만 알두리의 말에는 격렬한 분노가 스미어 있다.

"우리의 목표는 오직 하나다. 인질들을 안전하게 구출해서 돌아가는 것! 그것을 위해서는 무슨 일이든 다 할 수 있다."

김강한이 차분하게 받자, 알두리가 차갑게 냉소한다.

"인질들이 우리 손에 있다는 걸 잊지 마라. 나와 내 동지들의 안전이 위협받게 된다면, 그 즉시 인질들에 대한 처형이 시작될 것이다."

김강한이 또한 희미한 냉소를 떠올린다.

"그건 어디까지나 당신 생각이고, 내 생각은 달라. 나중이 어찌 될지는 가봐야 아는 것이겠지만, 지금 가장 분명하고도 확실한 사실은 당신들 목숨이 내 손 안에 있다는 것이지. 무슨 말인지 모르겠어? 명심해! 인질들의 안전에 조금이라도 문제가 생긴다면, 당신들부터 죽게 될 거야. 미국의 폭격에 의해 죽기 전에, 내 손에 먼저!"

"나와 계속 연락이 되지 않는 상황에서 IS는, 우선 경고의 표시로 인질들에 대한 참수를 실행할지도 모른다. 내 말은 결코 허언이 아니다. 그게 우리 IS의 방식이다. 그러니 당신이 진정으로 인질들의 안전을 생각한다면, 지금 즉시 해야 할 일은 우리를 풀어주는 것이다."

순간 김강한의 얼굴이 차갑게 굳어진다.

"참수를 한다고? 그게 IS의 방식이라고? 이런 싸이코 새끼!"

다음 순간 김강한의 주먹이 알두리의 얼굴로 날아간다.

퍽!

"악!"

외마디 비명과 함께 나동그라지는 알두리의 몸에 잇달아 김강한의 발길질이 가해진다.

퍽! 퍼~억!

알두리가 고통으로 한껏 얼굴을 일그러뜨린 중에도 이를 악다물고 있다. 비명 소리를 내지 않으려는 모양새다. 그러나 이내 그의 악다문 잇새로

"악……! 큭……!"

진저리치는 소리들이 새어 나온다.

혹시 이것도 어떤 계산에 의해서인가?

오상식 중령은 김강한의 돌발적 행동에 대해 굳이 말릴 생각은 없어서 차분하게 지켜보고만 있다. 그러나 이윽고 알두리의 얼굴이 온통 피투성이로 변하는 데는, 슬쩍 김강한에게로 다가서며 말리는 시늉(?)을 한다.

"이제 그만하십시오!"

김강한이 못 이기는 체 알두리에게서 떨어진다. 그리고 엉망이 되어버린 얼굴로 널브러진 알두리를 내려다보며 차갑게 뱉는다.

"IS의 방식이라고 했나? 좋다. 어디 너희의 그 방식대로 해봐라! 그러나 너희들 율법 중에 그런 게 있다며? 눈에는 눈!

이에는 이! 만약 인질들에게 무슨 일이 생기면 너희들도 똑같이, 아니, 더 고통스럽고 더 잔인한 대가를 치르게 될 것이다."

그런데 지켜보던 오상식 중령의 얼굴에 순간의 의아함이 스친다. 그러고 보니 김강한이 내내 차분하다는 데 대해서다. 한바탕 격렬한 분노를 표출하면서도 막상 숨소리 하나 거칠어지지 않았다.

'혹시 이것도 어떤 계산에 의해서인가?'

뭐라는 거야?

"퉤~!"

한 모금의 걸쭉한 핏물을 뱉어낸 알두리가 김강한을 노려본다. 김강한이 가만히 마주 보고 있다가는 조금은 진정된 투로 말을 꺼낸다.

"이봐. 하나만 물어보자. 도대체 요즘 시대에, 어떻게 인간으로서 같은 인간에 대해 참수와 같은 끔찍한 짓을 자행할 수가 있나? 너희 IS는 인간이 아니라 악마인가?"

알두리가 한참을 더 차갑게 노려보더니 으르렁대듯이 말을 짓씹어낸다.

"무지한 자여! 함부로 말하지 말라."

"무지? 자신들의 목적을 위해 사람을 공개적으로 참수하는,

인간으로 불릴 가치조차 없는 자들이 지금 무지를 말하나?"

"너희 같은 불신자들이 어떻게 신의 뜻을 알겠느냐?"

"신의 뜻? 그래, 너희의 신은 목적을 위해서라면 그렇게 악마 같은 짓거리를 해도 괜찮다고 하더냐?"

알두리가 차갑게 눈빛을 가라앉힌다.

"칼리프 국가를 만드는 일은 이슬람의 신성한 임무다. 숭고한 이슬람 공동체는 이슬람의 이념을 따르지 않는 모든 세력에 대해 수단과 방법을 가리지 않는 무자비하고 단호한 지하드를 통해서만 건설된다."

"뭐라는 거야?"

김강한이 사뭇 못마땅하게 뱉는 그 말에 대해, 그것이 자신에게 답변을 요구하는 것으로 판단한 모양인지, 문득 그의 귓속에 능이의 소리가 울린다.

"IS가 추구하는 이념은 극단적인 탁피리즘(Takfirism)입니다. 탁피리즘은 와하비즘에서 파생된 것으로……."

"그건 또 뭔 소리야? 됐고!"

김강한이 능이의 설명을 간단히 끊어버린다.

신의 뜻

"그런데 갑자기 궁금해지네. 하필 한국인들을 인질로 잡은 이유는 뭐야? 미국을 직접 건드리기는 껄끄럽고, 한국이 만만해 보여서?"

김강한의 그 물음에는 알두리가 희미하게 냉소를 떠올리고는 차갑게 대꾸한다.

"한국은 미국의 가장 가까운 동맹국 중 하나이니까!"

"그렇지만 너희들과 적대하기 위한 동맹이 아니잖아?"

"미국은 우리의 주적(主敵)이다. 그럼으로써 미국의 동맹국 또한 이유 여하를 막론하고 우리의 적이다. 나아가 우리는 한국인들을 인질로 잡음으로써, 전 세계에 미국의 허상을 보여주려는 것이다. 미국이 거만하고도 방자하게 세계의 경찰을 자임하지만, 자신들의 궤멸을 천명한 우리에게 동맹국의 국민이 인질로 잡혔음에도 막상 그들이 할 수 있는 건 아무것도 없다는 사실! 혹은 아무것도 하지 않는다는 사실! 그 무력함과 이중성의 허상을 까발려 전 세계에 알리고자 함이다."

김강한이 치미는 울화를 애써 누르며 차갑게 받는다.

"비열하기 짝이 없는 작자로군. 이봐! 미국이 너희의 주적이라며? 그럼 미국하고나 박 터지게 싸워볼 것이지, 너희한테 아무런 적대 행위도 하지 않는 엉뚱한 사람들에게 비열한 테러나 저지르는 게, 그래도 하나의 국가라고 자칭하고 더욱이 신의 이름을 내세우는 자들이 도대체 할 짓이야?"

알두리의 냉소가 짙어진다.

"신의 뜻이다. 신의 뜻을 따르는 일에는 모든 것이 허용된다."

"또 신의 뜻이야? 이런… 확!"

김강한이 이윽고는 주먹을 치켜들고 마는데, 그 거친 기세에는 알두리가 어쩔 수 없이 움찔 위축되고 만다.

거래할 기회를 줄까 하는데

"내 계획에 대해 말해줄까?"

김강한이 불쑥 꺼내는 말이다. 순간 알두리의 눈빛에 이채가 스친다. 그러나 그는 이내 표정을 굳힌 채 시선을 돌려 버린다. 김강한이 개의치 않고 말을 잇는다.

"난 미국에 요구를 할 거야. 이곳에 없는 나머지 인질들의 구출에 미국이 직접 나서라고! 거래를 하는 거지. 인질들과 당신들을 맞교환하는 조건으로!"

그 말에는 알두리의 시선이 날카롭게 김강한을 향한다.

"결코 가능하지 않은 일이다. 지금 당장은 인질의 일부가 이곳에 있다는 거짓 정보와, 또 한국 정부의 공개 성명과 호소 때문에라도 미국이 이곳을 타격하기를 주저할 수밖에 없겠지만, 그러나 이곳에 인질들이 없다는 사실은 어떤 경로를 통해서든 곧 밝혀질 수밖에 없을 텐데, 그때도 그들이 주저할 이유가 있을까?"

"글쎄? 뭐, 그럴 수도 있겠지! 그러나 그것이 거짓 정보라는 게 밝혀지기 전에 미국에 의해 인질들이 구출되거나, 최소한 미국이 이미 작전을 개시한 이후라면? 세계의 이목이 집중된 상황에서 그들이 작전을 멈추기는 어렵지 않을까? 그럼 어쨌든 내 목표는 성공한 것이지."

김강한이 알두리의 차갑게 노려보는 시선을 잠시 맞받고 있다가, 담담한 투로 덧붙인다.

"그런데 미국 쪽에다 거래를 제시하기 전에, 당신에게도 거래할 기회를 줄까 하는데……! 어때 한번 들어볼 생각 있나? 싫다면 관두고!"

난 한번 약속이 된 건 끝까지 지켜!

알두리가 한참이나 김강한의 두 눈을 들여다보듯이 응시하고 있더니, 이윽고는 고개를 까딱한다. 무슨 얘기인지 한번 해 보라는 것일 터다.

"당신과의 거래에서 우선 내 요구 조건은, 미국이 개입하기 전에 당신들이 먼저 인질들을 석방하라는 거야."

"그렇게 해서 우리가 얻을 것은?"

알두리가 무겁게 묻는다.

"당신들의 목숨! 그리고 적어도 미국보다는 앞서서 지금의 이 상황을 주도한다는 명분! 어때? 결코 손해 보지 않는 거래일 테고, 나아가 현재 상황에서 당신들이 가장 크게 이득을 볼 수 있는 최고의 거래가 아닐까?"

진중한 빛으로 잠시 침묵한 알두리가 다시 묻는다.

"어떻게 하겠다는 건지, 좀 더 구체적으로 말해주겠나?"

"간단해. 먼저 당신이 인질들을 터키 접경지역으로 이동시키라는 지시를 내려! 그리고 그 지시가 이행되고 있다는 것이 확인되는 즉시 당신들과 우리도 은밀하게 이곳을 탈출해서 그곳으로 가는 거야. 그리고 그곳에서 우리는 인질들을 인계받고, 당신들은 자유와 명분을 얻게 되는 거지."

김강한의 말이 사뭇 명쾌하다. 그러나 알두리는 여전히 진중하다.

"그것이 우리에게 안전한 거래란 것을 어떻게 보장할 수 있나?"

김강한이 담담하게 반문한다.

"지금 상황에서 내가 당신을 기만할 이유가 있을까? 지금까지 당신이 직접 지켜본 사실들만으로도 그 정도 판단은 충분히 할 수 있을 것 같은데?"

"만약 우리와의 거래가 합의되고, 또 진행이 되는 과정에서 미국 쪽에 변수가 생기면? 이를테면, 미국이 당신들에게 결정적으로 유리한 제안을 하거나 혹은 당신들로서는 감히 거부하기 어려운 치명적인 요구를 해온다면? 그런 경우에도 우리와의 거래를 계속 진행해 나갈 것이라고 보장할 수 있겠나?"

알두리의 그 물음에 대해서는 김강한이 희미한 웃음기를 떠올리며 답한다.

"말했지만. 내 목표는 오로지 인질들의 구출이야. 나머지 변수는 처음부터 각오하고 있던 바지. 나와 우리 부대원들의 죽음까지도 말이야. 그리고 난 한번 약속이 된 건 끝까지 지켜. 한 가지 더 말하자면, 이 일에 대해 미국이 처음부터 우리에게 선의를 가지고 있지 않았다는 사실도 분명하게 기억하고 있지."

알두리가 다시 침묵에 들어간다.

거래에 응하기로 하지!

"내가 약속을 지킬 것이라고는 믿나?"

알두리가 불쑥 질문을 던진다. 김강한이 가볍게 어깨를 으쓱해 보이며,

"글쎄……?"

하고 잠깐 말을 끌고는, 이내 대답을 잇는다.

"당신이 그처럼 신봉하는 신의 이름으로 약속해 준다면 한번 믿어보도록 하지, 뭐. 당신들이 자행하는 잔혹한 행위들은 도저히 용서가 안 되지만, 그래도 신의 이름으로 하는 약속을

감히 배신하지는 않을 것 같으니까!"

말끝에 김강한이 싱긋한 웃음을 떠올린다. 그러나 알두리는 조금의 표정 변화도 없이 김강한의 두 눈을 깊숙하니 들여다 보고 있다. 김강한이 웃음기를 거두며 담담하게 말을 보탠다.

"그렇지만 신은 신이고, 사람끼리도 서로의 신뢰를 보장하기 위한 최소한의 장치는 있어야겠지? 이렇게 하지! 서로 간에 약속된 내용이 모두 이행되었다는 것이 확인될 때까지 당신과 나, 두 사람은 여기에 남는 걸로! 각기 양측을 대표하는 입장에서, 그 정도 역할쯤은 감수해야 하는 것 아닐까?"

"대장님……?"

오상식 중령이 놀란 투로 나직이 부른다. 그러나 김강한이 가만히 인상을 굳히는 터라, 그가 다른 말을 보태지는 못한다.

"자! 어떻게 하겠나?"

김강한이 물은 데 대해 알두리가 아무런 표정 변화도 없더니, 이윽고 나직하니 대답을 낸다.

"좋다. 그 거래에 응하기로 하지."

부대장의 역할을 온전히 위임받은 입장에서!

알두리의 지시로 지하실을 빠져나갔던 파델 이브라힘 알 아드나니가 돌아왔다. IS가 억류하고 있던 한국인 인질들 전원이 은밀하게 터키 접경지역을 향해 출발했다는 소식을 가지고서다.

"출발하십시오!"

김강한의 말에 오상식 중령이 이를 한번 꽉 물었다가 풀며 단호하게 고개를 가로젓는다.

"아무리 생각해도 이건 아닙니다. 대장님을 혼자 두고 저희들만 갈 수는 없습니다."

김강한이 또한 딱딱하게 얼굴을 굳힌다.

"이미 명령을 내렸듯이, 지금 당신은 개인으로서의 오상식 중령이 아니라 전적인 책임과 권한을 가지고 무명부대를 지휘하는 위치입니다. 따라서 당신은 무명부대에 부여된 절대 임무인 인질들의 구출을 완수해야 하고, 또한 부대원들의 무사귀환을 끝까지 책임져야만 합니다. 오로지 그러한 임무와 책임에 당신의 모든 것을 바쳐야 할 것입니다."

오상식 중령이 차마 말을 받지 못하고 망연한 눈빛으로 김강한을 바라본다. 그러나 그는 이내 마음을 다잡지 않을 수 없다. 부대장의 역할을 온전히 위임받은 입장에서!

누구도 뒤를 돌아보지 않는다

오상식 중령의 지시가 있자, 무명부대원들은 신속하게 전투복 위에 IS군 복장을 겹쳐 입는다. IS 쪽에서 준비한 복장이다. 뒤이어 무명부대와 동행할 30여 명의 IS 지휘부도 역시 같은 복장을 한다. 그들은 바깥으로 나가는 즉시 주변에 배치된 IS 병력들 속으로 섞여든 다음, 은밀하게 터키 접경지대로 이동을 하게 될 것이다.

"안전지대에 도착할 시점에 맞춰 터키 주재 대사관에서 사람이 나올 겁니다. 그러니 도착 즉시 인터넷 메시지를 보내세요!"

말하고 나서 김강한이 싱긋 웃으며 농담처럼 덧붙인다.

"괜히 여유 부리면 안 됩니다? 나도 살아야 하니까!"

그러나 그 농담에 오상식 중령은 차마 웃지 못한다. 그 농담의 의미가 너무도 선명해서다. 무명부대와 인질들의 안전이 확인되고 나서야 이곳을 탈출하겠다는 소리다. 그러나 그가 인질들과 무명부대의 무사 탈출을 알리는 인터넷 메시지를 보내기 전에, 이곳을 목표로 하는 가차 없는 폭격이 개시되지 말라는 보장은 결코 없다.

지하실을 빠져나가는 중에 오상식 중령과 무명부대원들 중 누구도 뒤를 돌아보지 않는다. 아니, 차마 돌아보지 못하는 것이리라!

침묵의 공간

지하실에는 이제 김강한과 알두리 둘만 남았다. 둘 사이에

는 침묵만이 흐른다. 각자의 입장에서 착잡할 수밖에 없는 것
이리라!

알두리는 벽에 등을 기대고 앉은 채로 두 눈을 지그시 감
고 명상에라도 잠긴 듯하다.

김강한도 정좌하고 앉은 채로 그저 시간이 흐르도록 두고
있다. 시간의 흐름이 빠른지 느린지 알 수 없지만, 그것을 굳
이 확인하려고 하지도 않는다. 그렇게 침묵의 공간 속에서 시
간만이 하염없이 흐르고 있다.

작전 수행에 관한 전권

"화상 중계를 위해 개통했던 인터넷주소로 누군가 접촉을
시도하고 있습니다."

능이가 오랜 침묵을 깬다.

"연결해 봐!"

김강한의 지시에 곧장 그의 귓속으로 능이의 소리가 울린다.

"나는 CIA의 중동 지부 책임자다. 당신은 누군가?"

김강한이 그 메시지에 대해 응답하기 전에 먼저,

"이제부터 주고받는 내용에 대해 알두리도 내용을 알 수 있
게 해줘!"

하고 능이에게 지시한다.

"알겠습니다!"

하는 능이의 대답이 있고, 즉시 허공중에 메시지가 뜬다. 영어다.

"대한민국 무명부대!"

김강한의 간단한 말이 또한 영문 메시지로 옮겨진다. 그러자 저쪽에서는 곧장, 아마도 가장 궁금해했을 질문이 날아온다.

"아부 오마르 알 알두리는?"

"무사한지를 묻는 것이라면, 지금 내 옆에서 아주 무사하게 잘 있다."

"당신이 한국군 책임자인가?"

"그렇다."

"우리는 현재의 상황에 대해 한국 정부와 긴밀하게 협조를 하고 있는 중이다. 즉, 지금부터 내가 전하는 내용은 한국 정부와 이미 협의가 된 사항인 만큼 당신이 즉각적으로 이행해야만 한다는 것을 먼저 말해둔다."

김강한이 잠시 틈을 두고 나서 응답을 한다.

"나 역시 먼저 말해둔다. 이번 작전을 실행하기에 앞서, 현지에서의 작전 수행에 관한 전권을 한국 정부로부터 부여받은 바 있다는 사실에 대해! 따라서 당신이 전하는 사항에 대해서도, 어디까지나 내 판단에 따라 그 이행 여부를 정할 것임을 또한 말해둔다."

저쪽에서는 잠시 응답이 없다.

유일하게 시도해 볼 수 있는 방법은 그것뿐

"다시 한번 말한다. 지금부터 내가 하는 말은 한국 정부와 이미 협의가 되었으니 당신은 즉각적으로 이행해야만 한다."

CIA의 중동 지부 책임자라는 자가 다시 강조하는 내용에 대해서는 김강한이 굳이 대답을 내지 않는다. 그러자 저쪽의 메시지가 이어진다.

"아부 오마르 알 알두리를 위시한 IS 요인들을 완전하게 포박 및 감금한 뒤, 당신들 무명부대는 한국인 인질들과 함께 즉각 그곳을 빠져나오라! 그리고 가능한 신속하게, 최대한 멀리 그곳에서 벗어나라! 당신들이 그곳을 빠져나오는 즉시 그곳에 대한 대대적인 폭격이 시작될 것이다."

김강한이 힐끗 알두리를 한번 돌아보고 나서 차분하게 답한다.

"알다시피 우린 지금 IS 점령지의 한가운데에 고립되어 있는 처지다. 우리 부대원들만이라면 몰라도, 인질들까지 데리고는 여기서 한 발자국도 나갈 수가 없다."

저쪽에서는 잠시간의 침묵을 가진 끝에야 다시 메시지가

나온다.

"그럼 어떻게 하겠다는 것인가?"

"지금 우리는 포로로 잡고 있는 IS 지휘부를 역인질로 삼아 IS와 협상을 벌이고 있는 중이다."

"그것은 대단히 위험한 시도다. IS는 절대 믿을 수 없는 자들로, 결코 협상이 통하는 자들이 아니다."

"그래도 지금 상황에서 우리가 유일하게 시도해 볼 수 있는 방법은 그것뿐이다."

이번에는 저쪽의 침묵이 좀 더 길게 이어진다.

다섯 명을 제거하라!

"한 가지 대안을 제시하겠다. 미리 단정해 두지만, 이것은 우리가 제시하는 마지막의 대안이다."

저쪽의 메시지가 돌아온다.

"어떤 내용인가?"

"우선 몇 장의 사진을 보낸다."

이어 다섯 장의 사진이 영상으로 뜨는데, 각각의 사진 밑에는 이름이 명시되어 있다. 다섯 중 둘은 이름을 보지 않고도 김강한이 곧바로 알아볼 수 있는 얼굴들이다. 바로 아부 오마르 알 알두리와 파델 이브라힘 알 아드나니다.

그리고 확연히 알아볼 정도는 아니지만 나머지 셋도, 능이가 UAI를 통한 검색과 분석으로 신원을 유추해 낸 바 있던 IS의 서열 10위권 안에 드는 다섯에 속하는 인물들이다. 아마 저쪽에서도 영상전송 장비로 보내준 자료를 정밀 분석했던 것이리라! 다시 메시지가 뜬다.

"이들 다섯 명을 제거하라!"

김강한이 다시금 알두리 쪽으로 시선을 주지 않을 수 없는데, 그러나 막상 알두리는 그다지 놀라지도 않는 기색이다.

"다시 말하지만, 우리는 지금 IS군에 포위되어 있는 상황이다. 그런데 우리의 안전을 보장해 주고 있는 유일한 카드를 버리라는 건가?"

김강한의 그 메시지에 대해서는 저쪽에서 곧바로 답이 돌아온다.

"안전을 보장할 카드라면 다섯을 죽이고도 여전히 스무 명이 넘게 남지 않는가?"

그것에 대해서는 김강한이 불쑥 치미는 화를 참기 어렵다.

"이 새끼가 지금 말 따먹기 하자는 거야, 뭐야? 서열 1위와 핵심이 되는 자들을 죽이고 나서, 그 나머지가 이십 명이건 백 명이건 그걸로 어떻게 안전보장이 되냐?"

그러나 능이가 김강한의 거친 언사까지를 메시지로 옮기지는 않는다.

다른 선택의 여지는 없다

김강한이 잠시 호흡을 고르는 것으로 화를 추스른 다음에 다시 묻는다.

"물어보자. 당신들이 하라는 대로 하면, 우리에게 유리해지는 건 뭔가?"

"그곳에 폭격이 가해지는 상황은 일어나지 않을 것이다."

곧장 돌아온 답에, 김강한의 입꼬리가 다시금 비틀리고 만다.

"그 말은 당신들이 하라는 대로 따르지 않으면 끝내 폭격을 감행하겠다는 건가?"

"그렇다. 우리로서는 다른 선택의 여지가 없다."

"이런 씨……!"

김강한이 목구멍에서 튀어나오는 욕지거리를 겨우 되삼키고, 애써 진정하며 다시 묻는다.

"우리는 군인이니 그렇다고 쳐. 그러나 지금 여기에는 무고한 민간인 인질 수십 명도 함께 있는데, 그들의 생명마저 도외시하겠다는 건가?"

"지목된 다섯만 제거하면, IS를 일거에 허물어뜨릴 수가 있다. 그럼으로써 지금의 이 상황은 IS와의 기나긴 전쟁을 마침내 종식시킬 수 있는 처음이자 어쩌면 마지막이 될 수도 있는 결코 놓칠 수 없는 절호의 기회인 것이다. 그것은 또한 오늘 그들 다섯을 제거하지 않음으로써 앞으로 생길, 지금 그곳에 있는 당신들과 한국인 인질들의 숫자보다 훨씬 더 많은 미래의 희생을 미연에 방지할 수 있는 유일의 기회이기도 하다. 따라서 우리로서는 그 어떠한 비난에 직면하게 될지라도 기꺼이 감수할 각오이고, 우리가 쓸 수 있는 모든 수단을 다 동원하는 것 외에는 다른 선택의 여지가 없다."

"으~음!"

김강한이 신음처럼 무거운 탄식을 뱉고 만다.

진작부터 각오하고 있던 상황이 이윽고 도래한 것일 뿐

저쪽의 메시지가 다시 이어지고 있다.

"마지막으로 말한다. 그들 다섯을 즉시 제거하고, 그것을 확인시킬 수 있는 영상을 우리에게 보내라!"

김강한이 잠시의 생각 끝에 무겁게 말을 꺼낸다.

"우리로서는 결코 쉽게 결정할 수 있는 문제가 아니다. 시간 여유를 달라!"

5초 정도의 틈을 두고 저쪽의 답이 돌아온다.

"지금부터 10분! 그 안에 확인 영상을 보내라! 그렇지 않을 경우 즉시 무차별적인 포격이 개시될 것이다."

그러고는 저쪽의 연결이 끊어져 버린다.

"이런······!"

김강한이 다시금의 탄식을 뱉어낸다. 그러나 다급하거나 절박한 심정으로까지 되는 것은 아니다. 진작부터 각오하고 있던 상황이 이윽고 도래한 것일 뿐이니까 말이다.

알두리 역시도 전반적인 내용을 다 파악했을 것임에도, 끝까지 아무 반응을 내지 않고 내내 침묵하고만 있다.

모두 이상 무!

시간이 가고 있다. 미국 측이 선언한 10분이 일 초, 일 초씩 줄어들고 있다. 김강한은 능이에게 미국 측의 포격 징후를 포착하는 데 집중하라는 지시를 해놓았다. 물론 그가 정작 절박한 심정으로 기다리고 있는 것은 다른 소식이다.

그때다.

"오상식 중령이 메시지를 보내왔습니다."

능이가 알린다. 바로 김강한이 고대하고 있던 연락이다.

"연결해!"

지시가 있자 그의 바로 눈앞 허공에 작게 메시지 영상이 뜬다.

─인질 전원 터키 안전지대 도착 완료! 몇 명이 탈진 증세를

보이는 것 외에는 모두 무사! 터키 주재 대사관 측 접촉 완료!

김강한이 가만히 안도의 숨을 불어 내쉬며 묻는다.
"부대원들은?"
그의 말이 곧장 문자 메시지로 전환된다.

―모두 이상 무!

"좋아! 그럼 한국에서 봅시다."
말끝에 김강한이 바로 지시를 잇는다.
"됐어! 연결 끊어!"
"접속 해제했습니다!"

그런 명령은 받은 바 없다

"10분에서 얼마나 남았어?"
김강한의 물음에 능이가 곧바로 대답을 낸다.
"1분 40초 남았습니다."
"아까 그… CIA 중동 지부 책임자 연결해!"
잠시 후,
"연결됐습니다!"

하는 능이의 보고가 있고, 김강한이 보낼 메시지를 말한다.

"나는 당신들의 제안을 최종적으로 거부한다."

그것이 허공의 영상에 영문 메시지로 전환되고, 곧장 저쪽의 메시지가 응답하는 것을 능이가 다시 음성으로 전환해서 들려준다.

"당신 미친 것 아닌가? 이 상황은 한국 정부와도 협의가 된 것이라고 분명히 말했다. 그런데 일개 전투부대의 지휘관일 뿐인 당신이, 감히 한국 정부의 명령조차도 따르지 않겠다는 건가?"

김강한이 담담하게 응답한다.

"이 상황에 대해 한국 정부로부터는 어떤 명령도 받은 바 없다. 나한테 직접 명령이 하달된다면, 그때 다시 생각해 보도록 하지."

그것이 영상에 영문 메시지로 전환되기를 기다려, 김강한이 능이에게 지시한다.

"됐어. 연결 끊어!"

그 말은 괜히 한 것 같아!

"걸프 해역에 진주 중인 미군 항공모함에서 탄도미사일 수십 기가 발사되었습니다. 미사일의 탄도 분석 결과 목표는 이곳으로 판단되며, 수 분 내에 도달할 수 있습니다."

"터키 공군기지에서 미군 전폭기 3대가 긴급발진 했습니다. 전폭기에 탑재된 공대지미사일이 발사될 경우, 역시 수 분 내에 이곳까지 도달 가능합니다."

능이가 연이어 경고를 발하고 있다. 김강한이 알두리에게 외친다.

"일어서! 이제 우리도 여기서 나가야 해."

능이의 통역이 있고, 알두리가 또한 서둘러 몸을 일으킨다. 그러나 내내 앉아 있었던 탓인지 그는 다리에 제대로 힘을 주지 못하고 휘청거린다. 그런 그를 김강한이 재빨리 부축하며,

"제기랄……! 그 말은 괜히 한 것 같아!"

하고 짐짓 투덜거린다. 능이의 통역이 없지만 그 투덜거림의 느낌만으로도 알두리의 얼굴에 설핏 의혹이 스치는데, 김강한이 가볍게 덧붙인다.

"한번 약속한 건 지킨다고 했던 것 말이야! 뭐, 이미 뱉어버린 말이니 어쩔 수 없지만……!"

초토화

콰콰~쾅!
쿠쿠쿠~쿵!

천둥소리 같은 꽝음이 연이어 울리며 거대한 먼지기둥들이 하늘 높이 솟구치고 있다. 엄청난 폭격 세례가 퍼부어지고 있는 것이다. 김강한과 알두리가 막 **빠져나온** 분지 마을 쪽이다.

능이가 허공에 화상을 펼친다. 분지 마을의 광경이다. 마을 전체가 시커먼 연기와 화염 그리고 먼지구름에 뒤덮인 중에, 곳곳에서 치솟는 거대한 화염의 붉은 불꽃이 넘실대고 있다. 그 사이로 언뜻언뜻 보이는 광경에서 가옥과 건물들은 형체를 찾아볼 수 없을 만큼 완전히 파괴되어 있다. 그야말로 초토화가 되어버린 모습이다.

'같다'라고 말할 수밖에 없는 까닭은

"후우~!"

알두리는 한 가닥의 가늘고 긴 숨을 가만히 불어 내쉰다. 이 괴상할 정도로 놀라운 면모를 지닌 한국군 보스와 그는, 저 무차별적이고도 엄청난 폭격이 시작되기 10초 전, 아니, 그의 체감상으로는 불과 2, 3초밖에 안 되는 간발의 차이로 마을을 탈출했다.

그리고 그와 한국군 보스는 엄청난 속도로 사막을 치달린 것 같다. '같다'라고 말할 수밖에 없는 까닭은, 얼굴에 맞닥뜨리는 바람이 눈을 뜨지 못할 만큼 거셌기에, 그냥 허공에 뜬

채로 맹렬하게 날았다는 정도의 느낌이 여전히 남아 있을 뿐,
그 이상의 정확한 광경을 제대로 표현하기 어려운 때문이다.

앞으로 다시는 보지 말자고!

"이제 어떻게 할 건가?"

알두리가 묻는다.

"각자의 길로 가야지. 당신은 당신대로! 나는 나대로의 길로!"

김강한이 무덤덤하게 답해준다. 그리고 둘 사이에는 잠시의
어색한 침묵이 흐른다.

"나한테 뭐… 하고 싶은 얘기 없어?"

먼저 침묵을 깬 건 김강한이다. 알두리가 쓰게 웃으며,

"글쎄……."

하고 말끝을 늘려놓고는, 천천히 대답을 잇는다.

"약속을 지켜준 데 대해서는 감사를 표한다."

김강한이 가볍게 실소하며 다시 묻는다.

"나한테는 안 물어보나? 뭐 할 얘기 없는지?"

알두리가 또한 희미하게 실소하며 받는다.

"나한테 할 얘기가 남았나?"

"음! 앞으로 다시는 보지 말자고!"

김강한이 말끝에 다시금 '피식!' 실소하고 말자, 알두리의 얼

굴에도 이윽고는 실소가 짙어진다.

별리(別離)

김강한이 천천히 실소를 거두며 담담하게, 그러나 깊숙한 시선으로 알두리를 응시하며 다시 말을 꺼낸다.

"당신들이 저지르고 있는 잔혹한 파괴와 살인에 대해서는 난 여전히, 그 어떤 이유에서든 용서할 수 없다는 입장이야. 뭐, 그렇다고 뭘 어떻게 하겠다는 건 아냐. 당신들은 당신들 식대로 살고, 난 내 식대로 살면 되는 거겠지. 다만 한국 사람들은 다시 건드리지 마! 어떤 경우에든! 이건 경고야."

알두리가 마주 김강한을 응시하고 있더니, 문득 시선을 거두며 멀리를 본다.

김강한은 느낄 수 있다.

알두리의 시선이 다시는 자신을 향하지 않을 것임을! 이미 이별이 이루어졌음을!

아니다. 별리(別離)라고 하는 게 적당하겠다. 이별이나 별리나, 그저 앞뒤 글자를 뒤바꾸어 놓은 것에 불과하지만, 그러나 이별이라고 하면 왠지 그동안에 서로 정이라도 든 것 같고, 별리라고 해야 그동안 서로의 필요에 의해 잠시 맺었던 관계를 그저 덤덤하게 끊는 정도로 와닿는 것 같다는 데서 그렇다.

김강한은 간단히 몸을 돌린다. 그리고 설렁설렁 걸음을 옮긴다.

알두리가 다시 시선을 돌렸을 때, 김강한의 모습은 어느 틈에 저만큼 멀리로 사라지고 있다. 그리고 김강한의 모습이 완전히 사라질 때까지 묵묵히 지켜보고 있던 알두리도 반대 방향을 향해 천천히 걸음을 옮긴다.

그 누구도 믿을 수 없다

IS에 납치되었던 한국인 인질들의 구출 성공 소식이 전 세계의 주요 미디어를 통해 일제히 보도되고 있다.

분지 마을을 초토화시키고도 결국 알두리와 IS 지휘부를 제거하지 못했다는 판단을 내린 미국은, 분지 마을과 무명부대가 인질들과 함께 터키 영토로 들어간 경로를 중심으로 모든 정보 자산들을 집중시키고 있다. 또한 시리아 내전에 연관된 각국과 무장단체들도 긴밀하고 긴박하게 움직이기 시작했다.

김강한은 시리아 국경을 넘어 터키로 들어갈 작정이다. 그러나 무명부대가 갔던 경로와는 다르게, 조금 돌아가더라도 도로나 마을 등이 전혀 없는 황폐한 사막지대를 따라서 움직일 계획이다. 누구와도, 어느 쪽과도 조우하지 않기를 바라서다.

이제부터는 그 누구도 믿을 수 없다. 모두를 적이라고 생각해야 한다. 시리아 정부군과 반군! IS와 쿠르드족! 미국과 러시아! 모두 다!

사막 실감

김강한이 사막의 밤은 이미 치열하게(?) 맛을 본 바이지만, 사막의 낮은 이제야 제대로 실감을 하고 있는 중이다. 그의 눈앞에 펼쳐진 모래사막의 광경은 그가 지금껏 사진이나 영상으로 봐왔던 것들과는 한마디로 차원이 다르다.

광활! 삭막! 그런 단어들로만은 표현이 어렵다. 그냥 엄청나게 넓다. 사방의 끝이 보이지 않는 무한의 대지가 온통 모래로 채워져 있다.

그나마 입체감을 주는 것은, 마치 겹겹의 물결이 치는 것처럼 바람의 흔적을 고스란히 새긴 채로 끝없이 펼쳐지는 크고 작은 모래언덕들이다.

모래를 한 줌 손아귀에 쥐자 뜨겁다. 열사의 사막이라고 했던가? 열사(熱沙)! 뜨거운 모래! 말 그대로다. 고운 입자의 모래는 금세 손가락 사이로 흘러내린다. 마치 물처럼! 바짝 말라 아주 건조한 물?

김강한은 애써 내공을 억누른다. 잠시 여유를 가지고 사막을 실감해 보자는 마음이 들어서다. 갑자기 본래의 체중이 실린 그의 발이 슬그머니 모래 속으로 잠겨든다. 한 걸음을 옮겨본다. 그러자 그가 서 있는 야트막한 모래언덕의 완만한 경사가 곧장 그를 아래쪽으로 끌어내린다. 바쁘게 몇 걸음을 옮기자,

푹! 푹!

발이 모래 속으로 빠져들며 작은 구덩이를 만든다. 그러나 그 구덩이마저 곧바로 사라져 버린다. 걸음만큼 앞으로 나가지지도 않는다. 한 걸음을 나가면 반걸음쯤은 다시 뒤로 미끄러지는 식이다.

덩~! 덩~!

모래 속에서 묘한 소리가 울리는 듯하다. 마치 그의 걸음이 모래 속에다 어떤 공기의 파동을 일으켜 내면서 만들어지는 소리 같기도 하다. 다시 몇 걸음 만에 발걸음이 무겁고 둔해진다. 벌써부터 지치는 것 같기도 하다. 문득 어떤 동물의 형상이 떠올려진다.

'낙타!'

이래서 사막에서는 낙타가 필요한가 보다.

자율과 비자율

애써 누르고 있던 내공을 풀어주자 당장 온몸이 자유로움으로 충만해지는 느낌이다.

김강한이 새삼스레 생각을 해보게 되는 것이지만, 이런 자유로움은 아마도 내단으로부터, 좀 더 구체적으로는 내단이 가지는 자율적인 특성으로부터 비롯되는 것일 터다.

'자율적인 특성?'

즉, 외단의 경우는 외부의 자극이나 충격에 대해 반사적으로 대응하는 경우를 제외하곤, 대개 그의 의지와 의식에 의해 작용을 하니 비자율적인 특성을 지닌다고 하겠다.

반대로 같은 관점에서 내단의 작용은 외단과는 사뭇 상대적이다. 그가 일부러 의식하지 않는 경우라면, 내단은 마치 그 스스로의 자아를 가지고 있기라도 한 듯이, 거의 자율적으로 작용을 하는 것이다.

문제가 되지 않는 것들

몸이 가벼워지면서 모래는 더 이상 김강한의 발을 잡아당기지 않는다. 당장의 문제 하나가 간단히 해결된 것이다.

사막의 뜨거움은 처음부터 문제가 아니었다. 그가 내단의 작용을 일부러 억누르고 있는 동안에도, 그 뜨거움에 대한 반사작용이기라도 하듯이 그의 몸에는 내내 서늘한 기운이 감돌고 있었으므로!

그리고 만리타국의 막막한 사막 한가운데이지만, 길을 잃을 염려도 없다. 능이가 있는 한!

'물과 식량?'

그것 역시 김강한이 아직까지는 걱정하지 않고 있다. 아무도 보는 이 없고 거칠 것도 없는 광활한 모래사막이다. 그는 이번 기회에 천공행결의 최대치까지를 한번 시험해 볼 작정이다. 그런 만큼 그가 사막지대를 벗어나기까지, 물과 식량을 걱정해야 할 만큼의 시간이 걸리지는 않으리라는 판단이다.

잔재주

유일하게 문제가 되는 것이 하나 있기는 하다. 문제가 된다기보다는 성가시다고 하는 것이 좀 더 적절해 보이지만!

햇빛이다. 뜨거움과 갈증이 아니라, 그 눈부심과 따가운 자외선이 문제다. 도대체 피할 곳이 없다.

그러나 궁하면 통한다고 했던가? 김강한은 이윽고 잔재주 하나를 부려낸다.

야전복 상의를 벗어 머리 위 허공에다 쫙 펼치자 조그만 그림자가 생긴다. 그것을 태양의 각도에 맞춰 위치를 조정하자 그림자는 다시 그의 한 몸쯤은 들어갈 수 있을 만큼 커진다.

그런 잔재주에 외단이 예의 그 '비자율적 작용'을 한 것은 물론이다.

파아~앗!

그의 신형이 앞으로 쏘아져 나간다. 그리고 한 줄기 그림자로 화하며 엄청난 속도로 사막을 가로지른다. 자그마한 먼지 바람조차도 일으키지 않고!

오아시스?

김강한은 천공행결을 거두며 천천히 멈추어 선다. 앞쪽의 풍경이 바뀌는 때문이다.

내내 누런 모래 일색이던 사방의 풍경이 전방 오른쪽에서부터 문득 검회색의 우중충한 색이 섞이기 시작하고 있다.

마치 광활한 모래사막 중에 커다란 황무지의 섬이 떠 있는 듯 하달까? 곳곳에 듬성듬성 자라 있는 작은 키의 이름 모를 식물들은, 그 황무지를 모래사막보다도 오히려 더 삭막하고 음울해 보이도록 만드는 데가 있다. 그는 처음에 황무지를 돌아가려고 했었다. 그런 중에 그를 멈추게 한 것은 모래사막과 황무지가 만나는 경계 지점쯤에서 제법 높다랗게 솟구치고 있는 물줄기다.

'오아시스?'

주변에 키 큰 야자수가 숲을 이룬, 그가 알고 있는 그런 풍경의 오아시스는 아니다. 그렇더라도 사막 한가운데서 시원스럽게 솟구치는 물줄기를 보는 것만으로도 치달리던 걸음을 잠시 멈추게 할 이유로는 충분하다고 할 것이다.

그냥 지나치기에는 너무 아깝다

김강한이 가까이 다가가서 보자, 아마도 지하수가 터졌나 보다. 사막이라고 해서 지하수가 흐르지 말라는 법은 없을 테고, 마침 지표가 얇은 지역이 침식되면서 지하수가 지표 밖으로 솟구치고 있는 것이리라!

다만 물줄기의 주변에 흔히 보일 법한 목초지도 없고, 더욱이 물이 고인 웅덩이 따위가 만들어지지도 않아서 바닥의 물은 곧장 땅속으로 스며들고 있다. 그런 걸로 봐서는 물줄기가 분출되기 시작한 지 얼마 되지 않았으리라는 짐작을 해보게 된다.

하긴 저런 정도의 물줄기가 오랫동안 분출이 되고 있는 것이라면, 진즉에 근처를 지나는 사람들에게 발견이 되었을 것이다. 그렇다면 어떻게든 활용할 궁리가 되었지, 저렇게 무작정으로 분출되도록 방치해 두지는 않았을 거란 생각도 든다. 물 한 방울도 귀할 사막에서 말이다. 역시나 바로 얼마 전에

터진 지하수를 마침 운 좋게도 그가 발견한 것일 터다.

김강한이 딱히 지치거나 갈증이 나는 것은 아니다. 그러나 광활한 모래만 끝없이 펼쳐지는 광경을 벌써 1시간가량이나 달려오는 중에 마음부터 지친 느낌은 있다. 능이의 계산으로는 현재의 이동속도로 30분 정도는 더 가야 터키 국경이라고 하니, 이제쯤 잠시 쉬어 가자는 생각도 들던 참이다.

그런 터에 시원스레 솟구치는 물줄기를 발견했으니, 그저 눈으로 보는 것으로만 만족하고 그냥 지나치기에는 너무 아깝지 않을 수 없다. 손이라도 씻고, 세수라도 한번 하고 싶은 마음이 절로 든다.

완전한 무기력

딱히 땀을 흘린 것은 아니지만, 힘찬 물줄기에서 비산되는 작은 물방울들이 얼굴에 와 닿는 것만으로도 시원하고 상쾌한 느낌을 즐길 수 있다. 손으로 툭툭 물줄기를 끊어보는 가벼운 물장난도 해보면서 김강한은 잠깐의 휴식을 취한다.

그런데 그가 다시 출발을 하려 행결을 운용할 때다. 갑자기 아찔한 현기증이 전신을 관통하며 지나간다.

"음……?"

나직한 신음과 함께 그가 몸을 비틀거린다. 그리고 이어 전신에 힘이 쭉 빠지면서 그의 두 다리가 아예 풀려 버리고 만다.

풀~썩!

두 무릎이 무력하게 꺾이면서 바닥을 찧고는, 이어 그의 몸은 나무토막처럼 모로 나뒹군다. 전신에 힘이 하나도 없다. 손가락 하나 까딱할 수 없을 만큼! 완전한 무기력이다.

경악스럽고 당황스럽다. 아무런 전조도 없었으니, 이게 도대체 무슨 일인지 짐작조차 되지 않는다.

『강한 금강불괴되다』 9권에 계속…

초대형 24시 만화방

신간 100%, 샤워실, 흡연실, 수면실(침대석), 커플석, 세탁기 완비

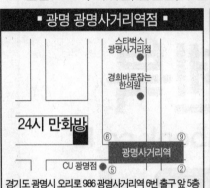
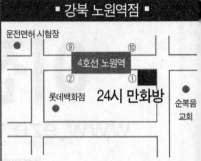
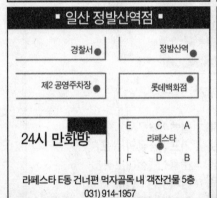
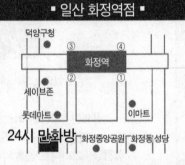

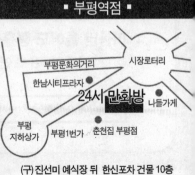

너의 옷이 보여

킹묵 현대 판타지 소설
MODERN FANTASTIC STORY

꿈을 안고 입학한 디자인 스쿨에서
낙제의 전설을 쓴 우진.
실망한 채 고국으로 돌아오기 직전 교통사고를 당하고,
아무것도 보이지 않던 왼쪽 눈에
무언가가 보이기 시작한다.

그것도 어딘가 이상하게.

오직 그 사람만을 위한 세상에 단 한 벌뿐인 옷.
옷이 아닌 인생을 디자인하라!

디자이너 우진, 패션계에 한 획을 긋다!

Book Publishing CHUNGEORAM

유행이 아닌 자유추구 -
WWW.chungeoram.com

인생 2회 차,
축구의 신

백린 현대 판타지 소설

MODERN
FANTASTIC
STORY

인생 2회 차는 축구 선수로 간다!

어린 시절 축구가 아닌 공부를 택했던 회사원 윤민혁.
뒤늦게 자신에게 재능이 있었음을 깨닫고 깊이 후회한다.
어느 날 술에 취해 신의 석상 앞에서
울분을 쏟아내는데……

"자네가 정말 그럴 수 있는지 한번 지켜보겠네."

회사원 윤민혁,
회귀 후 축구 선수 되다!

Book Publishing CHUNGEORAM

유행이 아닌 자유추구 —
WWW. chungeoram.com

MODERN FANTASTIC STORY

강준현 현대 판타지 소설

주무르면
다 고침!

희귀병을 고치는 마사지사가 있다?

트라우마를 겪은 후 내리막길을 걸어온 한두삼.
그는 모든 걸 포기하고 고향으로 향하게 된다.
그리고 그곳에서 특별한 능력을 얻게 되는데…….

"도대체 나한테 무슨 일이 생긴 거지?"

한두삼,
신비한 능력으로 인생이 뒤바뀌다!

Book Publishing CHUNGEORAM

유행이 아닌 자유추구 -
WWW.chungeoram.com